BRISE DANS LE MIROIR

Du même auteur

Les cynophiles, L'Échappée Belle, coll. Coupe-papier, 2015
L'astrologie des Insectes, Atlande, coll. Anti-crise, 2015
Zoé et la fumée, L'Échappée Belle, coll. Coupe-papier, 2017
La machette rouge, Unicité, 2018
La langue de tamanoir, Sans Escale, 2019

ISBN : 978-2 - 4914 - 3812 - 8
www.sansescale.com

François Thiéry-Mourelet

BRISE DANS LE MIROIR

Poème

« Ces fresques m'évoquent Brise,
Et qu'y puis-je si Brise s'appelle comme le vent ? »

VOIX DE LOIN, VOIX SI PROCHE

Insensiblement, sous un ciel clair et si pâle,
Le vent frais s'installe, violent.
L'écume effleure les rides,
Tournoie, tombe, se relève, s'envole.
Voix de loin, voix si proche,
Voix douces dans la houle sans crête.
Calé dans les coussins, la joue sur un coude,
J'observe les poussières, les masses grises.
Les bourrasques se succèdent, durcissent
Et tirent leur compresse jaune devant le soleil.
Trois nuages s'inventent, infimes filasses,
Plissent leurs bras, enroulent leurs griffes,
Figent l'ombre en volutes, grondent.
Montant de l'horizon immobile,
Des rafales meuglent sans cesse,
Se tordent et s'alourdissent.

Explose un grain aux gouttes denses,
Obèses pépins, rudes comme des pouces,
Qui écrasent la mousse, écrêtent les sommets,
Bousculent, dissolvent, font taire les vagues,
Ces mêmes vagues devenues larges collines
Qui s'agitent, se creusent de vallées,
S'opalisent des rebuts d'orage
Et qui bientôt engloutiront voyageurs et équipages.
Malades ou terrifiés, les passagers attendent,
Attendent l'accalmie indécise, attendent,
Craignant de n'avoir pour linceul que leur peau,
Leurs cheveux dénoués, gris ou ras, leurs chemises,
Le ficus de leurs robes, leurs pantalons à pinces,
Leurs petites cravates, lunettes, culottes,
Or et autres bijoux, leurs écharpes de soie,
Craignant, oui craignant, de n'avoir pour funérailles,
Que l'océannement dans la proche tempête.

S'OUVRE UNE GROTTE

Sur des marches, à gauche du fleuve,
Un garçon s'ennuie solitaire. Les billes claquent
Comme se boutent des enfants sur d'autres, sur…
Sur un autre, sur lui. Il mange la terre,
Lâche les billes une à une dans l'eau verte.
Roule la bille, roule et la face du cordonnier apparaît.
Calé dans les coussins, la joue sur un coude,
J'entortille les riens, les souvenirs veinules
Tandis que se prépare une petite extermination :
Les chiens sont loups entre eux.
Je suis l'écriturier et, dans ma tête penchue,
Le clapot velours s'ourle de tiédeurs, d'envies,
— À la lisière du liston flotte une tignasse —,
De tristesses, de réussites perdues et de drôleries.
Comme des molaires, se déchaussent les pontons
Où les barques s'évitent dans leur balancement ;

Rouges, brunes, puantes, leurs planches s'écartent.
Je me méfie autant des arracheurs de dents
Que des légendes par deux ou trois mêlées :
Il n'y a aucune raison de courir un peu ou pas.
Au fond du crâne oblique s'ouvre une grotte.
Les vents, les gouttières y façonnent la roche ;
Les bosses ou les pyrites, les strates d'argile
Dessinent des animaux fabuleux, des mains tendues
Ou bien des moments transparents, calcitiques.
Ces fresques m'évoquent Brise,
Et qu'y puis-je si Brise s'appelle comme le vent ?
La joue sur un coude endormi, je somnole,
Alors que se prépare une petite extermination.
Je rêvasse de plages, de forêts, de terrasses,
Dans un état d'abandon, d'hébétude, de planage
Comme avec le vin, la poudre ou l'herbe.
Une nausée légère enfle et le pouls s'accélère.

UNE GRILLE AUX VOLUBILIS NOIRS

J'étais envahi d'inepties — « La ville est morte…
Les gens dorment… J'aurais volontiers
Pris un verre de plus. » Banale conversation
Devant la grille aux volubilis noirs qui, sur le trottoir,
Emmêlent les ombres de feuilles, tiges et corolles.
Deux indifférents se tendent la main ;
Frissonne chacun, murmurées six, sept syllabes ;
Le barbu fouille sa poche, pousse le battant ;
Il regarde l'avenue mais l'autre a disparu —,
Vacillant sans musique, sans voix,
Dans le tournis, déjà si friable, je peinais à marcher,
Pris par les nausées, la fatigue et un poids sourd.
Cette anecdote du barbu, de ce vestibule entortillé
Et de la clef tâtée au fond d'une veste
Me suit depuis l'enfance, sans raison, sans origine.
Jamais je n'en ai connu le début ni la fin.

Ce n'est qu'une aberration
Qui s'est glissée en moi pour ne plus en sortir.
D'autres obsessions y tournoient,
Cauchemars qui se prolongent quand je suis éveillé,
Hallucinations, historiettes invécues.
La crainte que les absurdités ne mangent un cerveau
S'engluant ou frémissant sous les piqûres électriques
M'empêchent d'en parler et ces invisibles infirmités
M'ont fait courir, cueillir, naviguer pour oublier.
Faudrait que ces adhérences se détachent,
Ne serait-ce qu'un instant. Un maigre instant…
Le saisir et… pfuit ! Infimes les conséquences,
Insignifiantes toutes les conséquences. Je voudrais finir
Ce que je n'ai pas commencé.
Tableaux sans nostalgie aux couleurs trop vives,
Éclairées par un désordre de neige drue.
Momifié, je me meus où je me sais absent.

LES BIBLIOTHÈQUES

Loin des chemins de douaniers, il se cache
Dans les bibliothèques comme dans une grotte
Façonnée par les infiltrations, les excroissances
Et les éboulis. Ses doigts parcourent ici et là
Le cuir, le carton ou le papier ; ses yeux lèchent
Les lignes et les lettres. Le papier s'effrite,
Telles les écailles intérieures de son crâne — trous,
Strates d'argile, fissures —, il passe son index
Humecté de cendre, sang, charbon, quartz
Ou d'ocres écrasés —, il cherche les taches
Sur ces fresques improbables pour y coller
Un arbre, une corne ou un regard.
Plus tard il y dessinera une silhouette au hasard,
La mouillant de morve et peut-être de larmes
Car, tout disparaît, dans la sécheresse des parois,
Tout s'assombrit dans son ignorance agrandie.

Rien ne l'éclaire, au moins il s'abrite,
Enseveli dans les crissements, la cire, les latérites.
Assis, le cou biais, un doigt sur une page,
Il se pelotonne dans le gouffre pour s'endormir
Près des éléphants, d'un chat solitaire
Ou d'une mouette grise et muette,
Rêvant d'un lit où dormirait une fille, d'un tabouret,
D'un banjo sur un fauteuil, d'une nuit sous la vitre,
D'un long réveil au chant des oiseaux,
De jardins en palmes charnues — s'y fond la robe
Parmi les grandifloras et, flottant avec lenteur,
Les lotus tremblent dans la moiteur bleue —,
D'un tendre sourire et d'un parfum d'horizon.
Clandestin en cavale, transporteur de terreurs,
De rires mauvais ou de chahuts intercostaux,
D'acouphènes ou de vertiges soudains,
Il éponge cette paix dans les bibliothèques.

ÊTRE L'ÉCRITURIER POUR M'ENVOLER

Je suis le diseur d'un autre devenu pollen.
Hier, je mentais par naïveté ;
Désormais, jusqu'au dernier mot, je dirai la vérité,
Même diffuse, saugrenue ou mensongère.
Observateur d'un absent, je rêve ses heures vides
Et je chante aussi ses cauchemars.
Solitaire, il parcourait déserts chauds ou glacés,
Vallées grises, montagnes, océans enlacés,
Enjambant le sang et les ossements,
Les tripes d'un hôpital, les stalles d'une école,
Les animaux maigres, l'autre nécropole,
L'humus impassible et oublieux.
Il voyait les caresses sans doigts — jetés, coupés,
Semés à la volée dans les sillons —,
Un amer, une fleur, un caillou, un visage.
Être l'écriturier, pour m'envoler alors que je suis lourd

Et que, museau d'ours, je me cogne au miel trompeur;
Dilué dans la boue, j'aurais voulu tendre
Mon front vers un astre opaque;
Ballottée, bave l'épave. L'anodin
Fait peur, la risée devance le clapot :
Nuances de nuages, clairs-obscurs terreux,
Aveugle, je m'enfonce dans le mouvement,
Je ne vois que ce qu'il voyait. L'épave ballotte. Bave.
Les épaules et le crâne suivent sans comprendre,
Larges et maladroits. Doux, doux, le mouvement;
Le mouvement reste si doux, à minuit.
Après la tempête, s'attendre encore à pire
Même après avoir connu le pire, l'épave bave;
Certaines odeurs sont fortes comme celle de soi.
Il aurait fallu être sourd, sans nez ni papilles
Pour s'ensommeiller enfin dans les déferlantes.
Tête lourde, lobes indigo, s'agiter silencieusement.

BRISE, L'UNIQUE HORIZON

Le bruit du gravier
Et, sur l'esplanade son écho amorti,
Les grincements, les soupirs et les rêves tus
Se frottent aux pages et à leurs pirogues, boutres,
Goélettes, récits de voyageurs,
Mondes, îles à cocotiers, envies d'ailleurs.
Les angoisses ou leur absence m'ont poussé
Vers les ports ou les estuaires. Il y avait d'autres
Crânes penchés à éduquer et il y en aura d'autres
Frappés, drogués, récompensés ou verrouillés
Et les consolations furent redoutables.
Sous les mâchoires, la gorge ou la langue,
Les grincements persistent, muets.
Étouffés, les cris, étouffés ainsi que les sanglots,
Les larmes ne sont ni de joie ni de douleur,
Chaque jour devenant lisière ou lisier

— Mon poing troue la porte —,
Ailleurs devient forcément meilleur :
Tiédeur sauvage, ruisseaux fous,
Rires de femmes insouciantes, rires, rires… Rire.
Parcourant vignes, oliveraies, monts de lavande,
Je me cache et je loue mes bras.
Je mange les racines du maquis,
Les mûres, un melon ou le sable blanc.
Je bois l'eau sale, le vin que je vole,
Jusqu'à ce que j'aperçoive Brise, l'unique horizon.
S'il y avait eu à mourir que cela soit…
Retour à la tempête future, au ciel qui se ressemble,
Aux passagers, à leurs écharpes, à leurs bijoux brodés,
À leurs tremblements ; ils se réfugient
Dans les cabines ou se lient aux espars ;
L'équipage s'affaire sans espoir,
Momifié, je somnole, je me sens absent.

QU'Y PUIS-JE

Les regrets s'embrument et le reste défile.
Dans un ciel devenu cendre,
Je guette les compagnons et les hasards,
Gueules, gestes, paroles, boulettes à jeter devant :
Igor le Ramasseur, sûr de son pouvoir,
L'Araignée rouge au nom oublié, Maître Médius,
Ou Celleki — je lui donnais tout, elle avalait,
Gourmande, reine de fourmis, elle cachait esclaves
Et maîtresses, pour mieux trahir, elle se disait prêtresse —,
Je voudrais les gommer, les chasser,
Lourdes plumes, poussières collantes,
Mais je crains d'éloigner Comme-un-coquillage,
L'étranger au sobriquet rare,
Vassili le Marin, la Navigatrice et la Sorcière.
Je ferme les paupières pour rester avec l'Aïeule,
Qui m'a choyé dès la naissance ; elle est morte

Sans deviner la faillite de la prédiction.
Je berce le Nourrisson,
Un enfant disparu et qui n'aurait pas souffert.
Je m'en fous si ce refrain sonne étrange :
Entre eux, entre eux et moi, il y a confusion.
Enfoncé dans des coussins sur le pont,
La joue végétale sur le coude,
Insouciant dans la mollesse de la mer gaufrée,
Oublieux des gouffres et des strates,
Je vois Brise, légère, si douce, si légère,
— Qu'y puis-je si le vent s'appelle comme Brise ? —,
Brise s'efface, revient, s'amuse dans les nuages,
Brise, même pour ce dernier embarquement,
Est l'unique destination de chaque voyage.
Brise retrouvée, approchée, reperdue toujours.
Un souffle, un hasard, un sourire nous séparent,
Suaves, ce qui est peu dire.

COMME UN MOURANT REVOIT SA VIE

L'écriturier joue un décalage puis l'amplifie,
Mélodies de la main droite après la gauche,
Notes nettes sans accidents,
Paroles infimes dans leurs habits justes.
Se lavent les aspérités et leurs contraires,
Se lèvent les souvenirs, là, maintenant.
Demain, il sera presque seul,
Ballottée, l'épave bavera.
Pus, sérosités teinteront les nuages en sépia,
Cadmium, terre de Sienne et lapis,
Après-demain sera la veille de la fin.
Souvenus les ailleurs, les périples glacés
— Kayaks, narvals, ivoire des sommets,
Baleines, phoques plaintifs, lichens gris —,
Comme l'on dit qu'un mourant revoit sa vie,
Il observe les lieux de ses courses :

Théâtres grignotés, parois crayeuses,
Colonnes et cailloux de Chypre,
Crète, Malte, Étretat ou Santorin ;
Fleuves en bas des temples, lagons,
Sources dans les pelouses spongieuses ;
Port courtaud à Sercq, large à Syracuse
Quand se promènent les couples crépusculaires ;
Venise fondante de crépis fauves
Où les ruelles frôlent les canaux, les églises ;
Florence et Rome, plantées d'ombre,
De placettes, de lézardes, de coupoles et de tours,
La luisante entre les ifs à la terrasse du cimetière,
Et la touffue qui rend toute découverte éphémère.
Les souvenirs s'agglomèrent, pyramides,
Avant de s'ensabler inéluctablement.
Demain il sera quasi seul,
Comme un mourant revoit sa vie.

OUI, ELLE DIT OUI

Un sphinx renaît de ses sueurs nocturnes,
Telles les vagues sur un rocher
Qui sans cesse se nouent et se dénouent.
Il ignore quelle force les relance.
Tout aurait donc commencé dans l'enfance
Avec des parents cruels ou évanouis,
Des infections sourdes, des maladies de peau,
De cœur, de gorge ou de cervelle,
Des placements, des solitudes et des abandons
Pour expliquer les fatigues intenses mais pas
Les déchirures sous les ongles, les brûlures, les coups,
Les peurs — frémissements, diffractions,
Paroles égarées, bruits insupportables,
Puanteurs, foule, monts, vertiges,
Couleurs mortuaires, ferraillages,
Absences —, ni ce besoin de raser les portes.

Dans deux jours ou trois, il va partir
Et comme un mourant revoit sa vie,
Il laisse défiler les hallucinations, les fantômes
Monstrueux ou gracieux, la juriste aux cheveux noirs,
La danseuse borgne, l'Araignée rouge
Qui prit son enfant dans sa toile et le dévora,
Les fractures et Celleki, celle qui, celle qui
Plus que tout autre fit de lui une ruine.
Sans jamais revenir bredouilles,
Les vagabonds amassent le mépris.
Dans des ports lointains, j'avais croisé ce double
Sans le reconnaître ; le temps pour lui ne compte pas.
Je l'avais vu s'éloigner en naviguant loin,
Et je suis parti longtemps. Nous nous sommes perdus.
Même Brise je l'ai perdue. Pourtant je l'ai suivie
Jusqu'aux remblais de la folie.
Ma grosse tête dit oui, oui, elle dit. Oui.

LES MOMENTS LIMPIDES

Tu crains la mer, tu t'enveloppes dans ses vagues,
Tu escalades des monts, tu te précipites dans le vide,
Tu barbotes jusqu'à changer de pays.
Tu ressasses les histoires, celle du vieillard
Au crâne de tourteau, celle de la navigatrice maigre
Qui devait se lester, celle du marin aux doigts coupés,
Celle de l'enfant aux billes à l'intérieur de son crâne,
Celle des mouches affolées, celle de la reine des fourmis.
Tu te débats et tu fuis des nasses invisibles,
Les remous autour d'un bouchon ou d'une ligne,
Les couperets improbables,
Les portes qui s'ouvrent et se referment.
Tu te méfies des moments limpides.
Tu as tort, tu le sais,
Tu es incapable d'être autre et tu seras un vagabond.
Tu suivras les gravures rupestres, les dessins,

Les pinces de crabe, les chauves-souris
Les corps en rut, les égouts éventrés aussi.
Tu scruteras le ciel et les charniers,
Tu écouteras la chanson de la danseuse borgne,
Tu chevaucheras des poulains débiles,
Tu plongeras parmi les requins et les poissons-lunes,
Tu contempleras la joubarbe, les grains de sable,
Surtout, non loin d'un ruisseau, tu croiseras
Plus vite que tu ne le penses,
Un éclat de joue, mat et minéral.
Alors, guidé par un ponant régulier, doux et doré,
Tu t'envoleras pour chanter le clapot ou les tempêtes,
La prunelle d'un chat, les nombres rares et premiers,
Une médaille aussi, un port antique peut-être,
Un jardin abandonné, un sentier de tortues,
Un tilleul, ou mieux l'excroissance d'une foliole,
Une trace de pattes, un chuintement d'aile, un écho.

ÉTOILES DU SABLE

Seule une légère brise l'en aurait sorti.
L'après-midi se croisent les écumes,
Son visage à demi immergé lit
Les grains, obsidienne ou quartz, aux angles polis
— Or ou blanc, sang et rose, orange, noir vif —,
Couverts puis délaissés par l'eau claire
Qui se retire loin de ses bras arrondis.
À gauche, le soleil bas oublie son ombre.
Le front sur les poings, il observe les étoiles du sable.
Innombrables, elles forment des guirlandes minces,
Concentriques et plus brillantes encore,
Partent du noyau d'une comète
Aux sillages de cils blonds et s'évadent d'un trait.
L'eau revient sans la ridule de moquerie
À l'aile du nez, cette comique mimique
Chez les enfants même les très jeunes,

Cette moue timide aussi, une grimace lisse,
Puis repart, légère enveloppe fugace.
Les astres crépitent, éclatent, disparaissent,
Les vaguelettes rappliquent, et ils ne brillent
Que si la pellicule transparente est suffisante.
L'infiniment petit survit, terne, quand l'eau se retire.
Constellations estompées dans le sable mouillé,
Se lovant, labyrinthe vacillant,
Effacé, reconstruit à la vague suivante,
Tandis que, tranquillement, l'échine rôtit.
Qui est chaque éclat de cristal brûlant le sable ?
L'âme d'une roche, du sel ou de l'eau ?
Un ectoplasme, un animalcule ou une illusion ?
Yeux fermés, yeux ouverts, en déplaçant sa tête,
Il s'enfonce dans le firmament de la plage.
Peut-être aurait-il dû râcler les boucles
Engourdies de son peignoir blanc. Il est nu.

MA CANNE ÉTAIT DE SAULE

Gamin, je m'enfuis, je cache mon crâne au bout
De silences et de garrigues aux senteurs arides,
Je grimpe dans les jardins de septembre,
Où chantent le fenouil et l'amandier,
Où serpentent les murets et les buissons roussis.
Le soir, je monte plus haut encore, à une bergerie,
Je caresse l'abreuvoir solitaire, le bord du ciel,
Les étoiles au-dessus de mon nez, la nuit.
À l'aube, le bosquet dort encore, je descends
Jusqu'à l'angle des ravines où danse le ruisseau.
Sur la peau de mes cuisses, je dessine avec l'ongle,
Des lignes blanches parmi les craquelures
Ou des formes géométriques, des alphabets
Que je voudrais magiques.
Je gratte jusqu'au sang les croûtes à sucer
Comme des bonbons de chanvre, cuir ou bois,

Caramels collants entre les incisives,
À dégager de la langue. Ni amères ni sucrées.
J'écoute les argousiers, les chênes verts
Le torrent qui m'attend, clapote, rigole.
Et, comme pour un espoir interdit,
Comme avec une personne dont le souffle happé serait pris
Pour un baiser, je cours jusqu'à lui.
Mes talons chauds cajolent l'eau. Piquent les gouttes.
Ma canne était de saule, mon bouchon de sureau,
Le vent dans les branches faisait fuir la truite ;
Suintant dans le bleu cru, la lune paraissait creuse.
Entre les bruissements des feuilles blanches,
J'ai perçu la présence d'une fille ;
Ses jambes aussi étaient sèches de poussière
Et je me suis enfui sur un arbre.
Je ne me souviens pas de sa robe mais de ses yeux,
De son cou, de ses cheveux et d'un pendentif en or.

LE PENDENTIF EN OR

L'été passe. Brise caresse une cigale
La pose sur l'écorce, me voit et sourit.
Sur le pendentif en or, un fauve — les yeux
En amande comme ceux de Brise, des yeux qui
Effilés jusqu'aux tempes épurent le ciel, — recourbe
Cuisse, oreille et museau pour se mouler
Le long des bords de la médaille.
Quand s'envole la cigale, Brise lui fait un signe.
Un éclat de joue de la jeune fille, mat et minéral,
Se parant de perle et d'ocre rose,
S'incruste en moi. S'inscruste, relief.
Et, avec la même violence, une pommette
Se colle à mon iris. Dans la brume soudaine,
Je devine Brise déchirant un abricot,
Je l'entends qui crache le noyau.
J'aurais voulu le serrer comme une relique.

Elle ramasse un silex, animal bosselé
Qui ressemble à mes doigts.
Sur d'autres pierres, elle le cogne.
J'aurais voulu être l'écho de leurs claquements.
Elle crève les mottes, raye le limon rogue :
J'aurais voulu cueillir ces grumeaux de terre,
Les garder dans ma poche.
Assise sur le bord d'une souche,
Elle jette ses cailloux dans la rivière :
J'aurais voulu être l'eau qui court.
Le chemin monte au village, elle l'a repris
Entre les poignées de sauge, de thym, de lavande.
Je l'ai suivie jusqu'au détour d'une terrasse.
Chaque jour, j'ai attendu sur le saule
Avec la crainte d'être chassé
Par un autre gamin ou un vieux grognon.
Avec l'envie d'être retrouvé par Brise.

LE VAGABOND

Ils lorgnent sur une pièce, un quignon de pain,
Une couverture épaisse, un fond de bouteille.
Les vagabonds s'attirent entre eux,
Se battent, se blessent et se nourrissent
De coutumes initiatiques ou cruelles.
Un détail imprévu, idiot, une menace,
Un risque mal mesuré, le froid ou la pluie
Les repoussent ailleurs où ils seraient accueillis
Comme des princes, où tout serait à découvrir,
Où ils dormiraient sans crainte au bord de l'océan,
Sous les hibiscus. Ils repartent sans savoir pourquoi
Rien ne les retient. Ils voudraient parfois oublier
Les usages anciens, la cochenille et les dorures,
Savoir sortir le couteau du fourreau,
Savoir déchiqueter les éclairs sombres,
Ils voudraient faire s'envoler leur tête en cage.

Comme un oiseau qui, fatigué par la mousson,
Se blottit dans le recoin d'un navire,
Et, au matin, se laisse apprivoiser par l'équipage,
Le vagabond atterrit un jour dans une taverne
Dos courbé sous les glissements du ciel.
Il est un voyageur en quête d'indices ;
L'histoire commence à la naissance d'un torrent,
S'attarde un peu sur des yachts ou des radeaux ;
Il fuit les villes et s'égare dans les forêts claires.
Son corps usé ne lit même plus le grand frais,
Prend une vibration pour un renversement,
Une poignée de mouches pour un vol d'hirondelles.
Homme de mer, il craint l'humidité des vagues,
Les sifflements du feu et son odeur de jade.
Bateau dément, il se pose et s'enterre :
Il est un vagabond à la fin d'un monde,
Écrasant le sable. Ballotté, blanc, il boit.

DOUBLE, JE M’OBSERVE

Avec nonchalance, la Musicienne
Retrousse un châle roux,
Quand ses cheveux, bouquet d’ajoncs,
Balaient les omoplates, les bras jusqu’aux poignets,
Les traits fatigués, noirs. Blotti dans un coin,
J’observe ses doigts sur les touches et sa danse
Quand elle quitte le clavier.
Jeux des cuisses, des hanches,
Jeux de bouche, langue de cobra,
Jeux de seins menus, jeux des épaules nues.
Je m’observe à l’opposé, à la dérobée
Entre les scintillements des colonnes.
Je suis deux fois, double au présent,
Aux côtés et loin de la Musicienne,
Double au passé, sous les cendres, les santons,
Et dans le givre, le brouillard qu’aspire la tourbe.

Ses aréoles sont maquillées, son menton se dresse
Et sa tignasse libre fouette l'air.
J'étais dans la chambre du fond,
Avec les poissons d'argent et les papiers décollés,
J'entendais un air savant,
Une mélodie aigrelette combinée
À celle de la flûte, aux gongs de Besakih.
J'étais double le soir, à l'affût du silence,
Les cigales se calmaient, les grives s'éteignaient.
S'élevaient d'autres bruits, frottements :
Chants, cris, parfums et battements :
Ceux des chèvres, des coqs, des crapauds.
Double, deux fois je m'ignore au présent, au passé,
Avec la certitude idiote de connaître l'avenir.
Mais je ne sais rien de la prochaine extermination.
Insensiblement, dans un ciel clair et si bleu,
Le vent s'installe avec violence. Ballotte l'épave.

BALI PARMI D'AUTRES PAYSAGES

Répétant un seul mot comme un refrain,
Il sera un naufragé joyeux.
Il revoit les lieux d'une dérive assouvie,
De ses passages — Floride, Lima, Baalbek,
Cappadoce, Pyrénées ou Rocheuses, Andalousie
Carthage ou Normandie —, les orients
Les nords aussi avec les forêts scandinaves,
Les plaines de Sibérie, les maisons rouges du Québec,
Les moustiques et le vent, les hôtels pouilleux
Où se réfugient les fuyards et les errants.
Il s'attarde, se love dans les méandres des îles :
Taquilé, Lampedusa, Nosy Be, Karpathos, Lipari,
Kerkennah, Lérins, Koh Tao, Yeu, Bali... Bali.
À Bali, les temples fleuris fondent leur lave,
Les bambous soutiennent les jardins de libellules,
Partout les escaliers montent jusqu'aux nuages,

L'aigrette d'un cocotier se reflète dans la rizière.
Autour des mares, rivières et bassins,
S'élèvent les rires des enfants qui se baignent
Et jouent sous les falaises moussues.
Quand sonne midi aux cascades de Sebatu,
Midi de soleil voilé et de fontaines brillantes,
Les sanctuaires, tel Mengwi nénuphar buisson,
Ou Agung le volcan aux pentes de pagode
Se préparent déjà aux cérémonies et aux offrandes.
Midi passe. Gongs, cymbales, kolitangs, tambours
Et lames de bronze se joignent aux flûtes,
Chiens et pèlerins se pressent dans les enclos,
Deux fillettes en habits chatoyants
Se forcent au sérieux, éparpillent les pétales,
Éparpillent le mystère, éparpillent les grains de riz.
Toutes ces étapes d'un monde à l'autre
Ne lui ont rien appris ou bien il n'a rien compris.

LA LUNE ET LA DORMEUSE

Un chat noir court ou peut-être gris,
Les hérissons se cachent, les oiseaux aussi,
Les nuages s'effilochent, bloquent le vent ;
Les feuilles frémissent à peine, le parc se tait.
Il esquive la ville,
Il respire la chambre et perçoit une haleine,
Espérant ne pas rêver ; un moment se doit d'exister.
Dehors, le soir se faufile sous les hêtres,
Leurs branches basses puis le pignon de la bâtisse.
La lune tangue à travers la fenêtre close,
Passe en trapèze devant lui,
S'étire silencieuse jusqu'au lit
Et, d'un geste bleu, plisse les draps
Qui dégringolent sur le carrelage.
Il entend son propre pouls jusque dans sa nuque,
Il s'effraie de la chaleur entre ses yeux,

Il pantelle doucement comme un lièvre aux aguets,
Il observe la lumière et les ombres,
Les vagues blanches de l'oreiller se frottent
Au visage immobile, éteint et fiévreux
La jeune fille est là comme morte,
Sa joue est une roche polie,
La narine et la paupière deux fossiles ;
Les cheveux loupe d'orme — dehors un chardonneret
Lance un dernier gazouillis, personne ne lui répond —
S'entortillent aux reflets d'un cumulus.
La lune soigne la dormeuse. La lune est complice.
Il est triste et joyeux,
Il avance vers la tête.
Elle ignore qu'elle est bue,
Elle est là, malade,
Il est là inquiet,
Et il s'en veut un peu.

LA TABLE AU MARBRE SI CHAUD

Lors d'une soirée mondaine,
Des miaulements, venus de l'étage ou de la cour,
Se faufilent entre les convives,
Au passage caressent un dos féminin
Et se fondent au brouhaha des discussions.
Un homme un peu rêveur happe
Le tressaillement ocre de ru
— Omoplates et vertèbres affleurantes —,
Descend son regard jusqu'aux chevilles.
La jeune femme, serrée par trois quadragénaires,
Semble écouter leurs bavardages
Mais songe à ses pieds dont elle est folle.
Du soir au matin, suprême délassement,
Elle en tapote la plante souple, en tête les orteils,
En aspire le suc et elle peint ses ongles
D'un vernis écarlate. Le reste n'a pas d'importance,

Tellement peu d'importance.
Dans un placard, musée secret, elle aligne
Les reflets de son âme,
Des dizaines de bottines, de sandales,
D'escarpins avec ou sans lanières,
De souliers à talons, de mules et même de savates,
Autant d'écrins pour ses pieds sans ride.
Et les autres vêtements ne comptent pas :
En vrac dans une malle, les laines d'hiver,
Les cachemires ou les angoras ; pendus,
Abandonnés dans un placard, les manteaux,
Les robes, toges et autres longues babioles
Froissées les unes contre les autres.
Alors, en plein cagnard, elle marche pieds nus
Jusqu'à la terrasse, enlève sa tunique,
S'étire, frémit et se couche
Sur la table au marbre si chaud.

LES FLOCONS DE LA NUIT

La veille ou l'avant-veille ou plus tôt encore,
Matelots et passagers guettent la luciole verte,
Couvrent leur hâle d'escargot, s'abandonnent
À la chaleur — les femmes défont
Leurs boucles, nattes, mèches, marchent droit ;
Les hommes bavardent, sérieux,
Se penchent pour les détailler —, les flocons
De la nuit se collent à la houle noire,
Les étoiles sortent leurs tentacules.
Et le bateau file droit, insoucieux.
Affalé dans des coussins en abondance,
L'écriturier n'avait pas toujours été pâture,
Ou à la recherche d'un miroir à fixer au psyché.
Ses yeux tournicotent ovales quand il avance
— Il n'existe ni reflet ni objet, lui murmure l'océan,
Mais du liquide ; alors, dans ce grondement,

Il saisit qu'il n'est même pas une larme —,
Progresser seulement, progresser, non terminer :
Observer la transparence d'une méduse,
L'ongle d'un crabe aiguisé en couteau,
Un éclat dans le sable, brillant et minuscule,
Les dire, les chanter, trouver une insouciance,
Rire peut-être, échapper surtout à celui
Qui l'aiderait à s'échapper,
Pâte que l'on triture, que l'on grille, écartelé
Par des démons inconnus — il voit les commandeurs,
Pas les monstres qui le possèdent —, il tape
Sa grosse tête contre des branches à terre,
Il traîne son grand corps pataud,
Sur un lit de feuilles mortes, coussins
En abondance, mélangeant cirrus
Et jours anciens, sourires et souvenirs,
Souvenirs, la joue ensomnolée sur son coude.

LES MONSTRES

Fuyant mon ombre et la police, trichant sur mon âge,
Cherchant une goélette, une frégate ou une caravelle
Caressées jadis sur les pages d'in-folio écornés,
Des navires compliqués de sabords, de vergues,
De chaloupes, de châteaux et de voiles flasques ou
Gonflées — devant un phare, une digue —, se cassant
Dans la fumée d'une bataille, mêlant leurs espars,
Se frottant aux quais, vomissant des ballots,
Gîtant ou bondissant, toute une vie incompréhensible
Car les marins, à peine esquissés, sont des poux figés
Au bout d'une ligne, agglutinés sur une tige,
Je n'avais trouvé, à Lorient, Vannes ou Bordeaux,
Que des voiliers courageux, mais tellement rafistolés,
Ou d'antiques chalutiers puants,
Des moribonds, récupérés par de pauvres équipages.
Je me planquais dans les focs, les filets ou les drisses,

M'y lovant comme au creux des bras d'un dragon.
Les mâts, bossoirs ou bômes devenaient antennes,
Tarses, ou mandibules ; un guindeau un museau ;
Un beaupré défense de licorne ; les hublots ocelles,
Je me demandais combien d'épines étaient cachées
Sur la queue du sphinx crétois, jusqu'où se tuilaient
Les écailles de la tarasque. Quant à l'odeur
De sardine et de cambouis frais, elle était vomitive,
Pire que l'exhalaison du catoblépas.
À Nice, les embarquements se faisant rares,
Je courais dans la montagne, je dormais
Dans les donjons détruits ou les bergeries mourantes.
Un matin, près d'un torrent — le soleil s'amusait
Avec les ablettes, les galets se frottaient aux remous —,
J'ai perçu, entre les feuilles d'un saule,
La présence de l'ange à la médaille d'or
Et aux jambes sèches de poussière.

À DOS D'OURS

Dans un café, un capitaine rigolard
M'enrôla avec d'autres ivrognes ; le pastis coulait
À flot ; nous étions cinq marins parfaitement saouls
Pour manœuvrer le yacht, pour bichonner la bête
Comme à la parade : jusqu'au soir je passais
Le faubert sur le teck ;
Brillaient l'accastillage, la cloche ou les instruments
Et les rouleaux d'aussières étaient si jolis.
Nous attendions le proprio, ses rouflaquettes
Et sa maîtresse pour filer vers Gibraltar ;
Nous emplissions les cales de scotch, de bordeaux ;
Nous étions, balayette ou chiffon à la main,
À l'affût d'une traînée de sel, d'un grain de sable.
Je croyais avoir perdu la trace de l'ange,
De cette brise effleurant l'olivier,
Quand, sur un immense trois-mâts mouillé à l'écart,

J'ai entraperçu Brise : le hasard est étrange
Qui, au matin, compense un destin implacable.
L'avant-nuit du départ, j'avais rêvé d'une fille
Allant à dos d'ours, me frôlant de son panier rond
Où s'enchevêtraient des paumelles,
Des serrures sans clefs ainsi que des ciseaux,
Ongliers, sécateurs, brillants, ouverts, prêts à mordre
— Ils dissimulaient parfois leur tranchant
Dans un étui de coton, de corne, de bois, de peau —,
Et tout cet attirail d'acier, laiton, ficelle, cuir,
Enflait, débordait, se tordait à mes pieds.
La fille devint brume dans la rue grise
L'ours se dressa, avec elle s'envola.
Charnières, serrures et ciseaux en désordre
Se réfugièrent dans les fentes en trébuchant.
Ce ne fut qu'un rêve, peut-être indispensable
Mais un rêve qui ne m'avait pas parlé de Brise.

INCAPABLE MÊME DE FUIR

Sa grosse tête dit oui, oui, elle dit. Oui.
Face aux fumées grimaçantes,
Il était grumeau, incapable de fuir,
Incapable même du désir de fuite.
Des pivoines l'encerclaient et leurs dégoulinures
Ondulaient, lombrics translucides.
Ailleurs, avant ou après, pourquoi choisir le blanc ?
Pourquoi se faire aspirer par l'azur ?
Pourquoi se méfier du mensonge des couleurs ?
Ailleurs, ailleurs, les joues ruisselaient de chaleur…
Vers les clavicules puis la chemise, sèche d'un coup,
Sous les résidus de mémoire toujours trompeurs,
Où sans y prendre garde
On a vite envie de presser un interrupteur,
Seules réapparaissent, les brisures, les miettes,
Filtrées de tout geste attendrissant.

C'était un éléphant — peu de hyènes
Près des pachydermes et la terre sous leurs pas
Roule de frissons comme les flots —, un éléphant
Aux défenses arrachées, à la trompe mutilée,
Qui s'enfonçait dans la savane, empire des cafards,
Des asticots, des termites, et des larves brunes.
Il ne pouvait ni s'embrocher ni se pendre.
L'estomac tiraille, le dos vrille,
Les genoux couinent, le cou cuit, les coudes usent
Et le côté gauche, de l'orteil à l'oreille,
Se désarticule. La gorge, l'estomac, le crâne brûlent,
Rôtis par les remèdes. Il avait parfois voulu ciller.
Sans être innocent ni retors, il sait maintenant
Qui ou ce qui le retient.
Au ras de l'air, il bouge, s'emmêle
Et défie des tentacules qu'il est seul à voir.
Sa grosse tête dit oui, oui, elle dit. Oui.

L'HOMME CEINT

Avec son allure de crapaud à paupières glabres,
L'homme ceint parle et ses paroles me fatiguent.
Il aurait préservé une relique miraculeuse,
Doigt serti de rubis dans un écrin d'or,
L'aurait protégée des affronts vulgaires.
Il connaît les formules et les usages anciens,
Il guérit les fous et les infirmes,
Il s'envole et plane avec les condors,
Il nage avec les orques ou les méduses,
Il dort avec les lions, les mygales ou les cobras,
Il déclame les désastres, les massacres à venir,
Il décrit les paradis, les enfers et croise les morts.
Il interdit, il ordonne, il jeûne cinquante jours
Et tous se pressent autour de lui.
Il évoque un manuscrit jamais souillé,
Jamais écrit, le livre est si parfait

Qu'on ne peut que lui obéir,
Un voyage si précis qu'il n'y a pas à y revenir,
Les conseils si judicieux par dix ou douze,
Et les initiés, tant d'initiés que ceux
Qui ne le sont pas le sont plus encore.
L'homme ceint boudine ses coutures,
Invente de terribles geôles,
En veloute d'autres, plus douloureuses encore,
Et rien ne libère les jeunes esclaves,
Dépossédés de ce qu'ils n'ont pas,
De leurs os et de leurs draps mortuaires,
De rapides calfatages et même de leur poussière.
Ils roulent vers les quais d'immondices,
Les ruelles aux pavés de gadoue,
Ils finissent contre les restes d'un chat crevé,
Fragrances pour les mouches.
Cet homme parle et ses paroles me fatiguent.

UNE CHAMBRE

Sur les paillasses, des hommes sucent un thé
D'encre, frissonnent, fument avec lenteur,
Mâchouillent le pain gris, le riz en sauce sombre,
Les figues fraîches et moucheronnées.
Près de l'évier, se rejoignent des veines brunes
Grossièrement essuyées qui zigzaguent
Entre les écailles de la peinture.
La tête posée sur une boîte en fer,
Il frissonne comme eux et il se serre contre un gars
Sale comme lui, sans oser leur demander de se taire.
Aux bords du tapis, courent des cancrelats.
La pluie et le froid se pressent par les fenêtres cassées.
Dans ses méditations engourdies,
Se mélangent les souvenirs — marchandes rouges,
Chiots chahutant près du Ramasseur,
Décors poussiéreux d'un marché de montagne,

Natte de roseaux, cuirs d'ovins,
Chapeaux, couvertures criardes, guêpes infirmes,
Spalax embrochés — et des visions impossibles :
Courbée près d'une rivière
Une fille jeune essore ses cheveux
Tandis qu'au loin fredonnent flûtes et tambourins.
Dans l'attente de douceur.
Il fume avec lenteur, suce le thé d'encre,
Croque et mouille de salive le pain rassis ;
Du doigt, il suit les insectes sur le tapis
Et il rit. La sanie est plus qu'une fascination,
Plus qu'un indice d'allégeance.
Les flamants gris sèment leur duvet ;
Oui, les chiens sont loups entre eux.
Au matin, tôt, très tôt, avant l'aube, il part
Dans la campagne jusqu'aux rochers de la colline
Badigeonnés à leur base de blanc.

LE TERREAU DES ROSES

Certains décrivent les enfers qu'ils n'ont jamais vus,
Les supplices, les flammes et les démons.
Il fut témoin de pire et il ne put rien dire.
Il traversa des rizières, des brousses de manioc,
Des jachères grises ou des forêts denses.
Avancer, ne pas pouvoir regarder devant derrière
Comme un cheval sur la crête d'une ornière.
Dans son cerveau, tournent des toupies par milliers,
Des toupies encore, des milliers de toupies.
Dans son cerveau, brûlent des chairs
D'enfants, de femmes, d'hommes, d'innocents
De coupables aussi peut-être.
Honte ! Jaillira-t-elle enfin, la honte d'être humain ?
Ramper dans les trous, se retrancher sous terre !
Il ne veut pas oublier les vers qui font vivre
La masse informe du sac de jute d'où dépasse

Une main, ni les charniers à fleur de boue
Où marcher c'est écraser les mottes de cadavres,
Il ne peut pas oublier le bruit des allées
Faites des brisures lavées par les averses,
Ni les plaines de tibias d'où gouttent les lambeaux
De peaux, ni les rotules au bord du terreau des roses.
Que son sang se dissolve diaphane
Dans celui qui abreuve les champs ! Finie la soif.
Tandis que les pinces s'aligneront aux murs,
Que les établis rougeoieront aux braseros,
Les enfants, leurs mères, leurs pères, futurs calcinés
Seront stockés dans les écoles ou les temples.
Il entend des mâchoires, des gorges, des joues
Et il aurait voulu que ce soit les siennes.
Il voit des yeux, des doigts, des mamelons, des cris
Pivoter dans les becs d'oiseaux.
Et il aurait voulu que ce soient les siens.

AU MATIN LIVIDE

Un vent faiblit trop régulièrement.
D'autres au loin, inaudibles et lourds,
Façonnent les vagues, les piochent toujours
Plus profondes ; sournoises, elles sifflent,
Se hissent, se tordent jusqu'au ciel
Devenu aubergine puis, soudain, elles s'abattent.
L'écume ne crache plus, elle gifle ;
Les lames ne cassent plus, elles roulent.
Des paquets d'eau submergent la poupe ;
Le voilier pique du nez, se relève, fonce
Docilement puis se débat, frénétique.
Le mugissement est continu,
Les déferlantes noient les bômes,
Les engluent dans le sirop kosmochlor.
Ce n'est plus un dragon mais une mule blessée,
Laissant derrière elle un long sillon,

Cicatrice tumultueuse que les flots
Rechignent à effacer. Boiteux, l'animal
Grimpe l'ardoise des cimes, rate une ruade,
Râle à peine quand s'arrachent les taquets
— Focs et trinquette se déchirent, haillons —,
Bute, ébroue artimon et misaine, repart.
Plaqué à la barre, un matelot craint le fatal
Virement de bord. Surtout, ne pas enfourner !
« *Voie d'eau ! crie le capitaine. Prenez des seaux ! Vite !*
Les pompes sont foutues. Écopez, crétins,
Avant qu'on crève comme des chatons dans un sac ! »
Au matin livide, l'ouragan sans fléchir
— Trombes, vagues, pluie et rafales cahotent —
Écrase l'horizon incertain.
Enfoncée à ras bord, remplie comme une outre,
L'épave continue et la côte approche inerte.
Sans un soubresaut, elle sombre.

L'ARCHITECTE

Les arbres, leurs racines, les mousses et les fourmis
Rongent le profil d'un dieu ou d'un roi.
Ceux qui ont retrouvé ce temple
Parlent de l'Architecte-Sans-Nom ;
Ils ont fabriqué la traduction d'une langue inconnue
Et sans doute l'histoire entrelacée dans les fresques :
« Nous avons conquis toute l'humaine terre
« Afin qu'un règne s'épanouisse différent
« Car plus besoin ne sera d'unir les peuples
« Nous avons parlé avec les aigles les tortues
« Les araignées les herbes et les sources
« Les montagnes les océans et les nuages
« À tout l'univers nous imposerons notre loi ».
Cet Architecte avait cru à sa force, à la paix,
En une vérité aujourd'hui oubliée.
Rien ne reste, pas même les rêves des puissants.

Le monde agonise, nous bâtissons des regrets.
Que s'était-il passé ? Certains disent que l'Architecte
S'était inventé une vie, des colonnes, des façades ;
Que les bijoux furent pris aux ossements de son père.
D'autres montrent un sarcophage et son épitaphe :
« *Qui lira ces phrases d'un mort*
« *Ces phrases sur un mort sinon un autre mort ?* »
Et, pour transporter ces trésors, nous cabotions
Le long des forêts closes, rivages endormis,
Lentes barrières brumeuses d'où résonnaient
Des cris agités. Tournoyaient un trogon ardent
Ou un cacatoès qui n'avaient pas compris
Que nous étions des pirates : nous prétendions
Être des explorateurs ou des géographes.
Nous pillions les mausolées, les hypogées,
Nous arrachions les crânes, leurs couronnes
Et les âmes vives, ainsi fouissent les hyènes.

COMME-UN-COQUILLAGE

Dehors, l'églantine s'impatiente de la pluie ;
L'abeille butine, le feuillage danse à peine ;
La chaleur étouffe les chambres,
Transporte les amants vers de nouvelles transes,
Et les corps s'étreignent jusqu'à la tétanie.
Comme-un-coquillage — oui,
Je crois que c'était lui — se plaisait à déchiffrer
L'intérieur d'un genou, l'arête d'une malléole,
Une goutte de sueur, le profil d'un soupir,
La senteur d'une nuque, les cheveux éparpillés,
Le trajet d'une veine, la cloison d'une narine,
La pente des iliaques, la spirale d'un nombril,
L'humidité d'un rire, le spasme d'une poitrine,
La cambrure d'un sein, le satin d'un sourcil,
Et les replis, — lobes, lèvres, aisselles,
Ou paupières — oui, les replis en grappes vives

L'amenaient vers d'autres lieux,
Vers d'autres temps, d'autres lui. Il avait lu
Un tatouage minuscule entre deux vertèbres,
Un bijou scellé dans la chair,
Un bracelet à la cheville,
Une dentelle collée au pubis,
Un fil précieux, appel vers une intimité.
Il avait comparé et s'était laissé envahir.
Il avait cru que, pour apprendre, il fallait connaître,
Enjamber, ne pas écraser l'empreinte disparue.
Il avait suivi une lèvre, la pâleur d'un téton,
Une câlin brusque, un regard inquiet, confiant.
Je ne suis pas lui, seule la brise m'attire.
Je n'ai que l'eau, le ciel à regarder :
Demain je serai quasi seul. Enfant muet,
J'articule dans un éclat béat : « *Brise* ».
Après ces chants, le silence.

L'OURAGAN

Tantôt un éclair blanc de plomb lambine,
Divise les masses, réséda à peine ou verdâtres.
Les rires aigus ou de connivence, les verres qui
S'entrechoquent et l'équipage à la manœuvre
Se sont tus. Les passagers se cachent, s'attachent.
La terre est dure dont les collines n'en sont pas.
L'épave piétine, pelant les plaies à contre-mesure
Au cul d'une bouillie de chant, clapotis de requiem
Que se disputent d'invisibles esprits
Et de visibles fantômes. Dans l'averse serrée,
Tous imaginent leurs suaires salés,
Loques ou juste filasse, qui fasèyent,
Et moulent des corps qui ne sont plus.
La houle s'étire, ses mains lèchent la coque, sifflent,
Ferme ses poings pour cogner sous la poupe.
La veille ou l'avant-veille ou plus tôt encore,

Marins et passagers s'attendaient au pire.
Jamais l'ouragan n'aurait renoncé à sa folie.
Mal tissé, l'écriturier s'effiloche à chaque ourlet ;
Dispersant un à un les trames, les houppes
Il se tord, s'écoule — les paumes qui l'étreignent
Sont toujours si dures — et il claque des canines,
Alligator cul-de-jatte rampant sous la glace.
Un autre jour se prolongera jusqu'à sa fin.
Certain du naufrage, il rassemble des biscuits,
Deux bouteilles de mezcal — la pluie
S'écrase en paquets sur ses épaules —, une boîte
De hareng fumé, une lampe, une bouée.
Et, dans le grain aux gouttes denses qui ne sont plus,
Son esprit appelle les âmes dispersées
Qui l'aspirent, écrasant l'écume des vagues.
Au centre de ses pensées, une fille revient qui,
D'un sourcil, apaise l'autan, les morts et le survivant.

LE TROU DU FEUILLAGE

La guérisseuse a planté dans son jardin
Un arbousier pour y pendre bâtons de prière,
Images pieuses, bribes de vêtements, ceintures
Et montres en panne afin d'affaiblir les fièvres.
Elle fait comme sa grand-mère lui a dit,
Elle soigne aussi un prunellier aux baies cireuses
Où le monde se délie et se lit.
Elle grave une phrase dans la falaise
Entre les encorbellements du lierre.
Ceux qui viennent la voir parlent de miracles.
Si j'avais eu un jardin, un jardin libre devant, derrière,
Sur les côtés d'une maison d'ardoise ou de bois,
Au fond d'une pente de Provence ou des Cyclades
Près d'un torrent rare,
Ou bien à l'orée des rizières, à Sumatra ou Java,
Une pièce ouverte sur la terrasse d'une fermette

Ou bien encore ni maison ni promontoire,
Seulement un appentis de branchages,
— Le chat figé tiendrait nez avec ses pattes
Et se laisserait mouiller sous un trou du feuillage —,
Soutenu par trois moellons,
Près d'un buisson d'airelles picorées par les campagnols,
Ou d'un figuier, un noisetier, un églantier,
J'aurais cultivé méthodiquement les orties,
J'en aurais planté, arrosé, câliné,
De grandes, de brûlantes, de blanches aussi.
Je les aurais cueillies parfois
Pour en disposer dans les hauts vases près de mon hamac
Ou bien j'en aurais fait de la soupe.
Quant aux faisceaux d'anis, j'en aurais empli un tonneau.
Mais jamais je n'aurais reçu d'humain pour le guérir
Ou lui parler d'avenir,
Seulement pour lui proposer un bol d'arak.

BRISE DANS LE MIROIR

Les barques reposent multicolores,
Enfoncent leurs béquilles tordues dans les galets.
Blessées, elles attendent le coup de badigeon
Jeté comme un croûton à un chien de passage.
La plage entasse les dégueulis des tempêtes
— Bois roulés, habits, sacs, filets, bouchons,
Cordages, fragments de coraux, goémons —
En un brouillon brun et brillant, cercueil éclaté
Du cadavre lamentable d'un marsouin bleu.
Il pourrit nu, de la taille d'un humain, avec,
À l'ombilic, une entaille sucée par les mouches.
L'auberge, construite des débris d'épaves,
De quelques pierres arrachées aux récifs,
Et d'un toit en planches, accueille les pêcheurs,
Les charpentiers, les boscos, les mécaniciens
Les brigands, les migrants, les paysans,

Ou tant d'autres naufragés qui, à force de rhum,
D'embruns, de dessèchement, atterrissent dans ce champ
De décombres. Le patron a construit son antre
De morceaux mal joints : fenêtres, murs et plafond
Sont tapissés de panneaux déchirés, brisures de verre,
Éclats de carrelage ou fonds de lampes mortes.
La lumière se morcelle, s'interstice,
Se reflète, danse sur les tables et les visages,
Faisant vibrer la pièce comme l'intérieur de mon crâne.
Rien n'est entier. Sur chaque fragment, je devine
Une icône, celle de Brise. Brise dans le miroir,
Brise brillante s'approchant du ruisseau — dans les remous,
Le soleil s'amuse avec les cailloux comme ici
Sur les tessons —, effleurant les rameaux d'un pommier,
Acceptant le lis framboise que je lui tends, se débattant
D'entre les serres d'un monstre potelé ou
Grattant la médaille qu'elle porte à son cou.

LA FOURRURE D'UN IF

Les herbes se faufilent entre les cailloux tièdes ;
Les abeilles, les papillons et quelques rares oiseaux,
Traversent les ruines à la poursuite d'une tache vive.
Les promeneurs avancent à voix basse,
S'imprègnent du réseau de murs courbes,
De tranchées et d'espaces souvent circulaires.
Ils se forcent à imaginer une antique cité
Avec ses palais, ses échoppes et ses écuries.
Autour, les collines, grises et nettes
Dominent une mer d'orangers sombres
D'où s'extirpent un chêne et des palmiers.
Quelques bâtisses récentes, plantées çà et là,
Modifient à peine ce paysage millénaire.
De sa canne, un aveugle tâte les pierres.
Il entend des pas derrière lui, ceux d'une femme.
Sans se retourner, il caresse la fourrure d'un if

Et devine l'allure de la flâneuse.
La jeune femme parle à une autre, plus petite ;
C'est un chantonnement qui rebondit
Par-dessus les têtes, frôle le feuillage vert
Et se répand dans l'air et la poussière.
Cachant ses yeux mort-nés derrière des lunettes noires,
L'homme se concentre, le zéphyr lui amène
La voix et le parfum de l'inconnue.
Il devine la silhouette, le goût de la peau,
Le front bombé, la bouche, les joues,
Le nez droit comme l'angle d'un lingot de beurre
Et qui se termine rond. Il comprend
Chaque détail et l'ensemble de ce visage
Qu'il ne verra jamais, qu'il ne touchera jamais,
Qu'il n'embrassera jamais.
« Ce nez a une immense bonté, pense-t-il.
Mais pourquoi s'épile-t-elle les sourcils ? »

À DEUX MAINS

Descaladant les massifs, une bise annonciatrice
Siffle dans les drisses et les haubans.
Les pêcheurs amarrent leurs barques
Aux corps morts dans la vase de l'estuaire.
À quai, les équipages doublent les aussières,
Il est déjà trop tard pour reprendre la mer.
Les bourrasques montent d'un cran ; les marins à bord
Fatiguent plus qu'au large où ils se seraient fondus
Dans la cadence de la houle.
Déchirés par la tourmente, certains fuient à terre.
Un immense rouleau se fabrique mystérieusement
Dans la baie ; le tsunami arrache les mouillages,
Soulève les bateaux, les jette contre les écueils,
Les quais, les galets de la plage, les maisons.
Le port est une maquette dans les mains d'un enfant ;
Un transbordeur s'écrase sur le môle.

Barges, pinasses ou chalutiers sont broyés.
Les fenêtres explosent et les toitures s'envolent,
Les murs tremblent et, par les portes enfoncées,
L'eau déferle jusqu'à l'étage.
Au café des Beaux-Arts, les vitres aussi sont cassées,
Les vieux ont rangé leurs cartes :
Ils sont accoudés sur la table, la bloquent au sol
Et tiennent leurs casquettes à deux mains ;
La bourrasque et la pluie tornadent jusqu'au plafond.
Au matin, la tempête s'éloigne chassée par un grain.
Sur les routes, s'amoncellent, tremblant encore,
Des toiles en lambeaux, des rames, des branches,
Des filets, des algues, des planches, des cordages,
Des fruits, des chiens et des poissons crevés.
Un ouragan, une éruption,
Un typhon ou un tremblement de terre,
Jamais ne seront aussi terribles qu'une guerre.

LOIN

Loin de la monstrueuse vague,
Loin des tempêtes de Jamaïque ou d'Islande,
Loin des ouragans, loin de ceux qui
Étreignaient son crâne ou ses côtes,
Loin du rire fielleux et du bruit des galops,
Loin des explications, des leçons et des grilles
Loin des remèdes,
Loin de ceux qui disent aider et de leur bienveillance,
Loin de l'Araignée qui n'avait pas à dire
Ce qu'elle avait cru voir — elle mouillait ses lèvres —,
Il aurait fallu courir vite, fuir son nid,
Fuir toutes les anfractuosités, fuir
Loin de tous les myriapodes,
Loin des courses d'un port à l'autre,
Loin des fleuves ou des forêts de reptiles,
Des criques nauséabondes et désertes,

Des statues monumentales et des volets bleus,
Loin des chiens à la pelade ou des rats borgnes
Couinant dans leurs lits de papier,
Loin du pêcheur qui défonçait le crâne des phoques,
Loin des fouilleurs d'épaves ou des laveurs de ponts,
Qui, tordant leurs yeux, se croyaient pleins de pitié,
Loin des équilibristes, des tristes nourrices
Dont le lait a des relents d'alcool de prune,
Loin des fumées cotonneuses, des fleurs purpurines,
Loin d'une sorte d'étranger reperdu
Comme on en trouve si souvent avec la hâte de le reperdre,
Loin aussi des voies sinueuses, sablonneuses,
Loin des cages ciselées, des goulots et des pipes,
Loin aussi des cactus rouges d'Abyssinie,
Loin des spectres gourmands — litanies murmurées,
Chants sancis, cahiers de la pythie —, il voulait
Être loin de tout ça. Il voulait mourir là-bas.

LÀ-BAS

J'étais loin de ce que je redoutais mais loin
Aussi de celle que je cherchais, loin,
Trop loin de Brise toujours mouvante, filante.
J'avais atterri là où les colibris
Aux becs de roseau sucent les sucs sucrés,
Là où les fourmiliers et les porcs-épics
Surveillent l'humus épaissi des mues de blattes,
De scarabées et de lézards.
J'étais dans un désert d'îles,
Où ceux qui y parviennent agonisent
Étreints par la peur,
Une pépite ou un cristal collé sous l'aisselle,
Une statuette peinte ou une vasque verdie,
Emmitouflée dans un pauvre bagage.
Parmi les mourants, il y avait une musicienne,
Elle tendait sa carapace d'oursin,

Peau pailletée de fins grumeaux,
Comme une neige sur une roche rugueuse,
Seins plats aux mamelons érectiles,
Longues jambes osseuses,
Chevilles vêtues de coquillages.
Elle me rappelait la danseuse
Aux yeux déjà ternes, que j'avais dû basculer
Dans la nuit, ses montagnes limoneuses,
Et qui avait disparu sous le halo de la lune,
Engloutie, juste après la Grande Ourse.
Je voulais être plus loin encore,
Je voulais être là-bas où le vent chante
Dans les cheveux de Brise,
Là-bas dans un pays que je ne connaissais pas,
Là-bas.
Là-bas.
Là-bas.

L'ÉPINE BLANCHE

Autour du village, un village de prés à vaches,
L'aubépine tend ses doigts tordus. Tordus.
Elle borde les chemins creux, se promène au cimetière,
S'invite dans les granges affaissées, se faufile
À travers les fossés jusqu'à la clairière.
Ses griffes s'attachent aux lianes et aux soies
Des clématites. Ses pétales talc
Se clairsèment en toupets, s'ouvrent
Astres immaculés, minuscules, dardent
Leurs étamines et leur détermination.
L'aubépine s'accroche aux rièzes, lutte
Contre les giclures de pluie, de glace,
Contre la poussière ou les incisives du vent.
Par superstition ou nostalgie, l'écriturier avait tenté
D'en serrer un rameau entre deux pages de buvard
Mais les corolles se délitent et les épines résistent.

Finalement, il n'a pas eu besoin de la mettre en herbier,
Car, pour la protéger de l'humidité, du gel,
Des rayons solaires, des mouettes ou des freux,
Il l'avait installée chez les fauves, bisons, chevaux,
Les voix légères, les cordes vibrantes,
Les odeurs sourdes, ses infirmités et sa solitude,
Au fond de son crâne orné de mains rouges,
De sillons taillés au silex, de projections terreuses,
Empli de chants anciens, de mélodies à la guitare,
Au piano, — un rythme, un accord, un contrepoint
Insistent en touches répétées —,
Et ces buissons aériens d'un blanc impitoyable,
S'y nourrissent de l'obscurité et des ploc-plocs
Des gouttes abandonnant un stalagmite.
La grotte cervicale se brumise en moisissures,
Et l'infime parfum frissonne
Comme la chute d'une voile dans la risée.

LE TIROIR DE LA TABLE À CARTES

À la fois herbier, pierrier ou bestier,
Le large cahier somnole dans le second
Tiroir de la table à cartes. Certaines fins d'après-midi,
L'écriturier le réveille pour y coller
Une plume abandonnée par la brise — et qu'y puis-je
Si Brise s'appelle comme le vent ? — sur le compas,
Le cadavre d'un bourdon entoronné dans une aussière,
La feuille atterrie sur un récif, la griffe d'un lièvre,
Des graines roussies, une touffe de poils,
Une pincée de sable gris, une tranche d'ardoise,
Des mues de couleuvre ou des pinces de lucane.
Il aurait dû noter leur nom et leur origine
— Plage de Thirassia, colline de Céphalonie,
Lande de Mull, recoin de Flores, de Manaung —
Il aurait dû noter les taillis, les anfractuosités,
Les ruines où il les a cueillis et leurs effleurements

Par le Meltem ou les scarabées.
En se penchant, ramassant, collant,
Il aurait dû noter son humeur, les reflets du ciel,
Le plumeau de trois palmiers au loin sur une dune,
Le macareux ou le choucas, le tourbillon de moucherons,
L'océan de frondaisons, le désert de poussière grise,
Le verger à flanc de mamelon ou la rondeur des nuages.
Ces fragments de plante — tige, étamines, nervures
Radicelles —, ces bouts de chitine,
Ces calcites ou schistes sont craquants, décolorés.
Leurs senteurs se mélangent à celui du sel,
De vêtements vieux, d'intérieur de bateaux,
Une senteur identique à sa caverne secrète
Et qu'il serre entre des pages cousues.
Aujourd'hui, crépuscule, tout s'efface,
Pas seulement la mémoire d'un poil,
Tout disparaît, même l'odeur du cahier.

L'ÉCORCE DU CERISIER

La langue pâteuse de salive desséchée,
Comme-un-coquillage se dégoûte de son immobilisme
Et s'en repaît. Ensué — le coton de sa chemise adhère —,
Il observe, à quelques pas devant lui, le jeune cerisier
Dont le tronc sombre reflète le soleil.
Entre les feuilles rousses et les boutons sanguins,
Il lit l'écorce brune et grise, luisante de résine,
Il lit cette peau, ses stries, sa laque et ses pelures.
Il lit celle de la paysanne, de la serveuse, de la pute,
De la bergère, de la doctoresse, de la peintre, de l'éditrice,
De la philosophe, de la guérisseuse, de l'étudiante,
De la capitaine et de toutes celles qu'il avait connues.
Collectionneur nostalgique, il lit l'enveloppe sépia,
Mordorée, ocre, opaline ou rose,
Transparente même et parcourue de veinules.
Il lit les souvenirs de corps et d'étreintes,

De bras, de seins, de lèvres, de cornes ou de pistils,
La main étreignant les draps torsadés
Comme le cou torve de cygnes blancs.
Il lit, les rondeurs et les cambrures, les malléoles,
Les clavicules, les iliaques, les lombaires, les rotules,
Les fûts, les fourches, les triangles, les branchettes.
Il lit l'ail des seins et des aisselles,
Les murmures, les chants, les plaintes et les souffles
Chahutés, secoués, endormis.
Il lit, dans le brouillard touffu de ses yeux vieillissants,
Les dunes de galets et d'herbes sans lait,
Les arêtes des orphies, les ouïes des maquereaux,
Les tranches de pommes de pain,
Les poisons imbibant un vieux bois,
Et le sang monte à coups lents jusqu'à ses tempes.
Il lit l'écorce de toutes les femmes qu'il avait connues.
Je n'en ai lu aucune pas même celle de Brise.

S'OFFRIR À L'OCÉAN

La courtilière, carapace duveteuse,
S'enfonce dans la tourbe humide ;
Elle fuit les grognements d'ennemis inconnus,
Agite ses pelles, ondule ses antennes.
Lasse, se heurtant à un campagnol ventru,
Elle s'écarte et bascule dans le ruisseau ;
Finalement, elle se hisse sur une planchette, flotte,
Franchit la barre, puis, portée par les remous
De la marée, disparaît au loin
À la rencontre peut-être d'autres bateaux ivres.
Tel l'insecte, l'écriturier creuse, sans savoir où il va ;
Maladroit et obtus, il cherche l'air, la lumière
Mais se cogne et n'avale que la terre.
Parvenant à s'échapper, il navigue sans raison.
Esclave de lui-même, de son voilier, de l'océan,
Il s'enfuit sous les voussures sombres, seul,

Et les ports sont aigres. Il est toujours seul.
Dans la houle forte, il ne réfléchit plus,
Il réduit de trois ris, abat pour une allure
Plus confortable, s'éloigne des phares. Il dévale
Les lames, s'amuse un instant de sa vitesse.
Bientôt les rafales s'allongent et forcissent,
La mer hisse ses falaises, les lance de tous côtés.
Les déferlantes se déchirent d'un coup sans rouler,
Des tourbillons se dévorent prêts à l'aspirer.
L'ouragan devenu fou se plaque sur le rouf,
Chasse les nuages, gonfle les vagues
Conquiert la nuit éclaircie sous la lune.
Bouté par une scélérate, le bateau s'incline
Tend ses mâts dans un ciel si proche,
Aspergé par une écume d'étoiles filantes.
Parti sans savoir qu'il deviendrait goutte d'eau,
L'écriturier songe à s'offrir à l'Océan.

RIEN N'EST INTACT

Dans le grenier de la bibliothèque municipale,
Le jour suinte par de rares ouvertures salies par la suie.
Sous les ardoises fendues et les poutres noires,
Les butins ou rapines — résidus de l'histoire
Du continent et de la ville — s'amoncellent
En malles, caisses cerclées ou sacs de jute.
Qui, par leurs fentes, vomissent doucement
Leurs hydres de papier, de cuir et de parchemin.
La jeune documentaliste s'enfonce sans crainte
Entre la chaleur opaque et la poussière.
C'est la curiosité, l'envie de forcer le hasard
Le plaisir de fouiner dans ces vieilleries,
D'y dénicher un morceau de vie abandonné
Ou de parcourir un incunable, un traité inconnu.
La veille, chez sa tante, elle avait fouillé les combles.
Elle avait voulu y découvrir,

Au milieu des mites et des moucherons,
Parmi les crottes de souris ou de pigeons,
Un secret familial qui aurait tout expliqué,
Un bijou aux initiales gravées, un certificat de mariage,
Un coffret à double fond, un journal intime, un dossier.
Elle avait déplacé les cagettes de reinettes sèches,
Ouvert les cartons à chapeaux,
Les meubles vermoulus, les boîtes vernies,
Les valises crevées, les tiroirs vermoulus.
Dans une malle en osier, elle avait déniché
Une casquette, une pipe et une tabatière,
Quelques lettres pâlies, rien n'est intact,
Un paquet de documents officiels — livret militaire,
Brouillon de testament, acte de propriété —
Et le cadavre momifié d'un chaton.
Là aussi, tout avait été sombre, vain.
Elle voit sa main dans un rais de lumière.

LA CHUTE

Insensible aux paysages, je traverse une lande
Aux pierrailles rabougries.
Le toureillo souffle sable et brindilles
Sur les fleurs blanches parfois jaunes
Qui émergent, sans joie ni mélancolie,
Des nappes de lichen.
Insensible aux animaux, je croise un izard roux,
Deux ou trois campagnols. J'atteins un étang rond
Qui repousse les tranches de lave blanche
Ponctuées des pas nets d'un oiseau.
Je m'appuie contre un rocher plat.
Je ne suis épuisé ni par l'ascension ni par le froid
Mais par des années de courses au but indéfini.
J'avais été le sinistre geôlier, l'architecte tortueux
D'une prison conçue pour un unique prisonnier,
Une prison naviguant et marchant avec moi.

Mon absurde errance continue,
J'arpente, sans autre but qu'un sommet, le feuilleté
Des Lauzets, et les reflets dans les dalles mouillées.
Insensible à l'humidité qui perce mes os,
Je surplombe un ruisseau dans l'abîme
D'où montent le brouillard, le givre et le crachin.
Je trébuche, tombe sur le coude
Et, caban par-dessus tête, dévale l'à-pic.
Roule, roule, glisse, glisse…
À mesure que la vitesse augmente,
La peau frottée devient brûlure.
Au premier rebond, j'entends un bras se rompre,
Je dégringole encore et le membre se débattant
Au-dessus de l'épaule se cogne aux pierres.
La douleur laisse place à une torpeur.
Coma. Je me réveille à l'apparition improbable
Du visage de Brise.

LE SOUPIR DE L'INSECTE

Un long papillon, aux ailes dentelées si bleues
Qu'elles se fondaient dans l'horizon rapproché,
Vint, sur la pierre chaude, humer la flaque de bière,
L'ambre ayant glissé le long de la canette.
Il déroula un appendice à peine poilu,
Tâta, téta, bougea une aile, une autre.
Ivre, il plana un moment, le ventre en l'air,
Pour atterrir, poussière au coin de mon épaule.
Il s'endormit ou bien fit semblant. Je le crus.
Ne pas remuer ni le déranger, prétexte
Supplémentaire à ma procrastination,
J'écoutais le soupir de l'insecte, son pouls,
Le balancement de ses antennes,
Et cet invisible son, je le touillais avec celui du granit,
Celui de ma peau craquelée, celui de l'azur sépulcral,
Avec le souvenir de Brise,

Avec des espoirs de douceur, avec l'envie de me couler
Dans l'épaisseur des ailes moites du papillon.
Lentement, je tendis mon bras gauche
Vers un bouquet d'herbes droites. Je tirai une graminée,
La décollant de son rouleau de feuilles.
Suçant l'extrémité de la tige, je récoltai, abeille,
Un peu de sucre sur le bout de la langue
Et je me dis que je n'étais que pour croiser Brise,
La voir et me taire. Désormais je suis ébloui
Et bientôt ne serai plus ; il me reste
Une image indomptée, une image à scander,
Je sourirai à son charme dru,
En sachant qu'elle fut et, qu'au moins pour moi,
Elle ne sera plus.
Ce n'était qu'un papillon bleu sur mon épaule,
Un papillon que j'ai cru ivre ou endormi,
Un peu de nectar sur ma langue.

LES DEUX JARDINS

Le chemin longe un haut mur
Soudé aux roches, couvert de barbelés ;
Il cache un grand jardin, plutôt un parc,
Où, en massifs, s'organisent iris, magnolias,
Azalées géantes, hortensias, boules de buis,
Bougainvillées, lauriers mauves, hibiscus,
Où s'étagent bassins, escaliers, terrasses,
Où se dressent cèdres, érables et pins majestueux,
Et, sur les pergolas, les clématites ont l'air si sages.
Plus loin, par un sentier d'herbes, on suit
Un second jardin prêt à tomber dans la mer
Et qui s'accroche aux tombants de schiste.
Il n'y a ni porte pour le protéger des curieux
Ni clôture pour retenir les rares camélias,
Les rosiers faméliques ou les lauriers déments.
Y prospèrent les avoines folles, les orties,

Les sauges, les renoncules d'or, les millepertuis,
Les pavots, les adonis goutte de sang et les ciguës
Mêlant leurs fleurs pervenche, groseille, citron
Et leurs parfums acidulés dans le vent.
Ces deux jardins sont deux voiliers :
Trinquette aiguisée contre génois mal fichu,
Goélette orgueilleuse contre pinasse fragile.
Le premier est organisé, entretenu et sérieux
Quand le second est imprévisible, libre et drôle.
L'un et l'autre, comme deux rêves,
M'entraînent, yeux fermés, lèvres ouvertes,
Dans leurs senteurs, leurs tiédeurs, leurs couleurs.
Le premier est si proche du monde éveillé.
Le second trop frêle reste un rêve dans le rêve.
Dans mon sommeil, ils se superposent
Et je voudrais que cette lutte finisse
Par le visage de Brise.

DEVENIR NÉBULEUSE

Ce jour où l'atmosphère transpirera de calme,
Où la houle s'huilera, avalanche bleue, fin d'un temps,
S'élèvera du fond invisible et glaireux
Une ombelle de lumière qui déroulera trois spires :
La première, la plus courte, se dilatera, assoupie ;
La seconde, la plus sombre, palpitera, plume ;
La dernière s'évasera, nacre de nautile.
Le soleil blêmira, l'air s'éteindra,
Les nuages siruperont en flocons épars,
Les algues variqueuses bruniront les profondeurs
Et l'épave dont je serai fragment expirera.
J'avalerai un abricot jaune et du raisin
Et mes vêtements enfilés à la hâte deviendront superflus.
Quand un mourant revoit sa vie, il regarde son enfance,
Alors je m'amuïrai définitivement pour lire les jours
Qui, rayant mes cicatrices, m'ont inondé de Brise.

Et je ne m'étonnerai pas, dans la chaleur montante,
Que des crânes mous, des faces grimaçantes,
Des dents transparentes comme l'osier d'une cage,
Bondissent, avant de s'enrouler, contre mon cou.
L'horizon m'absorbera.
Tournoieront les sternes et les goélands,
Tournoieront les cumulus de coton,
Tournoieront les algues et mes yeux,
Tournoieront les résidus de gréement.
Fuiront les étoiles, scolopendres noirs,
Fuiront les pouillousses et les bazaras,
Fuiront, surtout, les nez mordeurs.
Oubliant mes sabots de glaise, mes orbites mortes,
Et mes moignons rongés par les doryphores rouges,
Je tapisserai un lieu sans rien,
Construisant un temps sans heurt,
Avant de m'élancer à jamais dans la nébuleuse.

LE TUTU

Le soleil courbe les épaules,
Déroule une nuit sur cette partie de la planète
Morceau de corps,
Comme un tulle, habit sombre et léger,
Robe, ou tutu plus exactement,
Presque un pansement antiseptique et diaphane,
Dont les brins fluides protègent à peine la peau,
Adoucissent la houle — le sel se fait moins amer —,
Tuilent l'océan, les récifs, les navires, les estuaires,
Les forêts, les villes et leurs humains grouillants.
Debout, les coudes posés sur le rouf
Et les yeux sur le génois, je me laisse envelopper
Dans ce suaire — l'immobilité est ma posture favorite —,
J'attends l'obscurité totale, si possible sans astres,
L'habitude de n'être vu, par personne
Pas même les constellations, et je ratatinerai

Jusqu'à la chaleur montante de l'aurore.
Le voilier n'a besoin que de lui-même pour se frotter
Au liquide, avancer vite, faire frissonner sa toile
Ou mes rêveries lisses et rondes.
Une fois la nuit déchirée, mais pas encore disparue,
J'irai, avec l'allure d'un tamanoir, m'allonger
Au pied du mât de misaine ; le regard fixe,
Je guetterai les vagues. Tremblantes mais cicatrisées,
Elles secoueront leurs torpeurs
Et leurs bandelettes ardoise,
Je contemplerai ma paresse, imaginant ma joie
D'entrer dans le prochain port puis d'en ressortir,
Oubliant que les lumières, là-haut, ne sont plus ni bijoux
Ni tournures touchantes mais ferrailles, trucs
Aux finalités troubles qui jamais ne s'éteindront.
Afin de ne pas alourdir la silhouette de la danseuse,
Un tutu n'est jamais monté sur la taille.

RUINE

Quand je bois, que la lune semble bizarre,
Que mes orteils se pétrifient,
Je zigzague dans les rues éventrées
Évitant les éboulis vomis par les façades,
Les débris de briques, les meubles brûlés,
Les ustensiles de cuisine, percés, tordus,
Les tissus mouillés, entortillés
Les excréments que lèchent les corniauds,
Les ordures nauséabondes que grattent
Les corneilles ou les rats en bandes.
De jour comme de nuit, restent demi-ouvertes
Les échoppes où, sur des étagères bancales,
Se recroquevillent les paquets de riz et les fruits boueux.
À chaque accalmie, des bras sortent
Pour évacuer les gravats, pousser les sanies
Et reconstruire des murs infirmes,

Avec l'envie de finir au plus vite
Ce triste recommencement
Comme on se rase pour renaître.
Dès les premières pluies d'octobre,
La poussière des poutres ou des pierres se diluera,
Donnant à la ville en ruines cet aspect grisâtre et unifié
Qui recouvre tout, même les humains,
Indifférenciant la victime et le bourreau,
Le crétin qui vole son frère, l'inconnu à qui l'on casse
Un coude, les gosses que l'on bouscule,
La vieille qui dénonce son voisin,
La jeune, — sa joue est collée à la table — qui pleure,
Le père qui hurle quand crisse le couteau tel un violon.
La nuit tombe, il fait chien ;
Quand je bois, je ne participe pas aux secours,
Je ne suis même pas victime, même pas bourreau,
Même pas spectateur. Je ne suis rien.

LE PORCHE DE BRONZE

Le long d'un large boulevard herbeux et pavé,
S'alignent les façades transparentes, léchées
Par des ronces, impudiques avec leurs escaliers
À double révolution, leurs frises en basalte,
Leurs moulures et leurs colonnes torsadées.
Les meubles verdissent à l'air libre,
Attendent à jamais leurs propriétaires disparus :
Édredons aplatis sur les matelas pourris,
Statuettes et vases sur les commodes,
Nappes et couverts sur les tables s'ennuient.
Les nouveaux habitants sont les mulots, les écureuils
Les araignées, les mouches, les lézards,
Les coccinelles, les escargots, les hérissons,
Les coucous, les pies, les moineaux ou les étourneaux
Mais aucun chat pour les poursuivre.
Une grande bâtisse ferme la voie.

Sur son porche de bronze, dansent
Des monstres peut-être imaginaires
Aiguisant mandibules, appendices, écailles
— Tarasques, catoblépas, cafards géants —,
Et d'autres plus convenables — fées, dragons,
Sirènes, satyres, nymphes — ainsi qu'un éphèbe,
Mi-mâle, mi-femelle, nu et aux cheveux longs.
Parfois il a les yeux ronds, parfois un couteau à la main,
Parfois il rit, pointant de son doigt
Les créatures grotesques ou harmonieuses
Qui l'entourent ou bien le passant qui s'approche.
Le vent entre les reliefs du métal, siffle doucement,
À moins que ce ne soit un chœur végétal.
Et cette musique étrange aspire le promeneur au loin,
Augmente son plaisir et sa curiosité,
L'attire jusqu'à cette demeure improbable
Dont la lourde porte s'ouvre si facilement.

LE CHAMP D'ASPHODÈLES

Derrière le porche, une plaine s'argente :
Peupliers et asphodèles, hampes hautes ou courtes,
Dressent leur sève dans un ciel qui n'existe plus.
Ce paysage calme et commun,
Où l'insubstance mène une vie sans objet,
Inquiète à peine le visiteur, vite indifférent.
Il sait que jamais il ne reviendra,
Que les tremblants triangles se nourrissent
Des vapeurs de sa propre dilution.
Il sait que jamais il n'en sortira.
Il s'étend à l'ombre frêle de ces arbres,
Il se figure les ancêtres qu'il n'a pas connus,
Il se souvient des femmes et de leurs caresses
— Ces images en lui sont la bruine sur les mues —,
Il se rappelle ses douleurs, ses faims,
Ses joies, les beautés qui l'ont fait transpirer

Et ces sensations se perdent entre les corolles folles.
Des galets bougent contre ses joues
S'échappent, se muent en longs poissons lisses,
Pas même des anguilles, pas même des vipères
Qui gigotent les unes sur les autres,
Frétillent, happent l'air et se gonflent,
Se frappent avec leur queue
Comme des morses sur une grève.
Et ces pierres n'ont pas de matière.
À côté d'invisibles spectres,
Il marche sur les rameaux au sol,
Il marche sur une mousse huileuse ;
S'adressant aux peupliers et aux asphodèles,
Il parcourt une terre, un monde
Où ne vole ni insecte ni oiseau.
Il sait que jamais il ne reviendra.
Il sait que jamais il n'en sortira.

LE PÊCHEUR

À l'entrée du détroit de Messine,
Un banc bouillonnant de bonites
Forme dans la mer
Une seconde mer
Sur laquelle
File le voilier au grand largue
Sans rouler ni penser au courant.
Il fonce vers les brumes de chaleur.
D'un bloc, l'eau figée se transporte avec,
Sur son dos, une longue carène blanche et,
Dans son ventre aux reflets de nuit, les coques
Zébrées d'argent. Un gros désinvolte se moque
Dans l'axe du safran comme s'il tétait la mamelle
Plate de sa mère. Le marin saisit un instrument déniché
À Lampedusa. Il brandit l'arme noire au-dessus de sa tête
Vise le thon narquois qui n'esquive pas, lance son harpon

Qui traverse la nuque. À l'aide d'un palan, l'homme hisse
L'animal gris-bleu plus grand que lui, vif et qui se débat,
Regard incrédule, lèvres, ouïes et narines frémissantes.
De l'hiloire au rouf, le pont est rouge, poisseux,
Des caillots s'infiltrant jusque dans les aussières,
Des écailles étoilant tous les recoins, de la peau
En lambeaux se collant à la barre, dans l'odeur
Tiède d'iode, d'arêtes, de sang. Pour gommer
Ces traces, l'homme, puise dans la mer, celle
Sous l'autre, des seaux et des seaux d'eau,
De l'eau fraîche, transparente. Il frotte
Avec le faubert, rince, frotte encore.
Les épaules rouges de sueur, de sel
Et de soleil, il se dit qu'il est
Un requin, qu'il tue
Pour vivre et il se
Rassure…

LES MOUCHES

Elles volent, reposent, marchent, jouent, s'empilent,
Frottent ailes et pattes, se collent aux meubles
Et viennent chatouiller son cou, ses joues, son nez,
Ses paupières, ses lèvres, ses mains, ses bras.
La puanteur acide laisse supposer
Que la charogne d'un enfant ou d'un chat
Se décompose quelque part, cachée sous le plancher.
Incapable de bouger, il renonce à savoir.
Malade par ondulations, il se tasse dans un coin,
Laisse la nausée monter, étreindre sa nuque.
Il vaut mieux être vivant
Mangé par ces mouches qu'assassiné dehors.
Sur le parquet, sa paume pile des corps poilus,
Des gravillons d'ailes ou de pattes en voyelles sanglantes,
En consonnes noires, en ponctuations translucides,
Le plafond, noirci par les insectes et leurs salissures,

S'enlise en nuages, se dissout en vagues
Et il est là, dans ce coin, sous ces mouches,
Comme il le fut jadis contre le surbau,
Sous le grain, annonce d'une tempête
Qu'il devina cruelle. Tangage. Lacets.
Ciel vrombissant. Vagues. Vagues.
Le mouvement aspire sa gorge, ses genoux.
Qu'il cesse de bondir ce rafiot ! Tourne en rond, tourne.
Mouh ! Mouh ! Cheuh. Cheuh…
Dans un essaim de mouches,
Il se cache de quatre poursuivants géants.
S'accrocher au plafond avant qu'il ne s'écroule,
Se concentrer sur une tache tiède bondissant
Dans le même sens, de la gauche vers la droite, circulaire.
Taches pendules. De gauche à droite, de gauche à droite.
Il n'existe que par ce malaise,
Il n'est qu'un relent, désirant ne plus être.

LE TERNISSEMENT DES PUPILLES

L'air est calcaire.
Le bourg s'empâte de la fraîche chaleur du printemps.
Après les dernières maisons, le chemin grimpe
Entre des murs bas ou des talus brouillons.
L'écriturier caresse un lichen sur une bûche,
Il hume des bourgeons poisseux,
Il cueille une véronique à peine capable
De s'échapper à un tas de cailloux.
Entre ses dents, il coince la tige amère.
Seuls cinq pétales, dont un plus petit et violet,
Subsistent à l'épi ; il marche à flanc de colline.
Deux enfants rigolards et chahuteurs
Courent avec un grand sourire
Lui crient bonjour en sautillant.
De leurs vestes aux poches multiples,
Dépassent les collets ;

À leur ceinture, les pièges à glu pendent.
Ils posent leurs engins rustiques
Sur des tuteurs, dans les branches ou les taillis.
Ils récoltent des pierres, tournent leur fronde.
Ils visent les merles, les geais ou les mouettes
Et les plumes s'envolent
Quand tombent les corps.
Dans leurs doigts, ces gamins ont la mort
Et, dans le regard, ils ont la mort.
Puisqu'ils s'amusent sur un oiseau,
Ils pourraient essayer sur un enfant.
Tuer pour observer la fin d'un souffle
Comparable au leur,
Tuer pour deviner l'arrêt d'un pouls
Comparable au leur,
Tuer pour contempler le ternissement de pupilles
Comparables aux leurs.

LES SOUPIRS

Comme l'on dit qu'un mourant revoit sa vie,
Il vogue entre les regrets, comparant les échecs.
Il voudrait écrire, il n'en a plus la force.
Comme l'on dit qu'un mourant ressent sa vie,
Il voudrait lire, il a oublié comment faire.
Il ne sait plus marcher, c'est en se traînant
Qu'il remonte un tertre de cauchemars.
Sur un arbuste improbable qui s'accroche là,
Il cueille une fleur cotonneuse et charnue,
Trois pétales inégaux tournés en fruit,
Elle a le goût de poison et il est déjà trop tard
Quand il la recrache. Une glaciale chaleur
Et une amertume sucrée l'envahissent.
Dans ses agonies, il imagine
Un enfant à dorloter.
La main minuscule grignoterait les lèvres,

Remonterait aux cils, tortillerait les cheveux.
Les jambes palpiteraient, le cou aussi,
Le dos se soulèverait, la poitrine aussi,
Puis s'abaisserait, se gonflerait aussi.
Le nourrisson happerait son poignet lisse,
Renoncerait et, avec son pouce, se consolerait.
Et si le petit se mettait à crier, il l'écouterait.
Mais cet enfant fait place à celui qu'il fut,
Aux assiettes cassées, aux portes que l'on dégonde,
Aux yeux embués de strychnine,
Aux murs infranchissables,
Aux crissements des gravillons,
À ces punitions étranges, aux cicatrices.
Et, au-delà des souffrances, l'ennui.
Les soupirs, les cris retenus se fondent
Aux nuits de sueur et, regardant le cosmos,
Il comprend que celui-ci est vide et qu'il l'a atteint.

SE FANE LE CRACHIN

Un peu avant midi, les brisures de soleil
Jouent avec les fragments de verre multicolores,
— Les fenêtres forment des vitraux naïfs,
Sans motif, juste des juxtapositions de débris —,
Projettent des langues vives qui lèchent les couverts
Et les assiettes. Les pêcheurs et les charpentiers
Attablés oublient ces étranges clignotants
Comme ils ont ignoré le dauphin
Échoué sur les galets et dont l'abdomen,
Gonflé par les mouches, laisse ses entrailles
S'écouler noires par une large entaille.
Ils ne pensent qu'à se rassasier, se réchauffer
À la flamme de vieilles varangues
Qui éclatent leurs bulles de colle ou de peinture,
Avec des craac, des buuz, ou des ffiiiit…
Les bourrasques se frottent à la cheminée

Et les mangeurs sont à l'intérieur d'eux-mêmes,
Comme dans une grotte où le jour
S'infiltre et se diffracte
Sur les glacis et les concrétions,
Où la bise siffle, acouphène et, sans doute,
Ils se souviennent de leur enfance,
Courbés entre les liserons, de leurs mouvements
Dans l'humidité de mars, de leurs doigts gourds
Arrachant les pommes nouvelles, fermes et soufre,
Attachées à leurs mères gluantes
Ou bien de ces heures d'attente,
Sans l'espoir que le bateau aille plus vite,
Car jamais il ne va plus vite ;
Ils se rappellent quelques images déjà usées
Comme se fane le crachin, l'embrassade
D'une putain qu'ils auraient, croient-ils, sauvée
Et qui les a jetés sitôt épongés.

LE COQ

Il fait nuit et le vent geint autour du baobab.
On entend les tambours, les hochets criards,
Les trompes lugubres, les sanglots
Et tout s'agite dans la rougeur des feux.
Un vieillard squelette prend un coq par les pattes.
Il implore un esprit et d'un coup de machette,
Lui fait sauter la tête. Hop !
« Voici l'âme de mon meilleur coq,
Elle nourrira la tienne et te rendra fort,
Plus fort que l'autre, le démon qui a pris possession
De cet enfant. Partage, je t'implore,
Partage-la avec la sienne. »
Quand les ailes ne battent pas, c'est malsain.
Elles battent, elles battent au bout de son bras.
Le sorcier balance, devant, derrière,
L'oiseau vert qui pisse rouge,

Se tortille sans savoir pourquoi,
Aspergeant la terre et les villageois.
Des giclées grasses s'écrasent
Sur les femmes en pleurs, sur les fillettes en transe
Et sur le garçon mourant au seuil de la maison.
Le vieux hurle ses prières, insulte un dieu,
Et module ses blasphèmes en invocations.
Il pose le coq sur la boue sombre, il se lave les mains
Dans le sang qui gargouille de plumes,
L'étale sur son torse et le front de l'enfant.
La mère et la tante, à genoux, éplorées,
Maudissent un lointain cousin
Qui, par vengeance, avait jeté un sort.
Quand les ailes se taisent, quand les feuilles se taisent,
Quand le vieillard et les pleureuses se taisent,
Quand l'orage, la nuit et la musique faiblissent,
Le petit malade bouge une paupière et sourit.

LES TROIS VIES

Son crâne est blanc et sa joue mal barbue.
Il connut trois vies et faillit devenir autre,
Il passa tant de jours en prison ou dans un lit
Qu'il ne sait plus marcher.
Pattes raides et cannes entremêlées,
Il attend, mâchouille, crachote.
De son nez, il frôle apeuré
L'assiette de haricots rouges ;
Il n'est plus même un chien.
« Nous porterons la guerre le sang et le feu
« Avait-il prié afin que soient servis nos dieux
« Nous porterons le sang et le feu ».
Il ne reste rien, rien,
Pas même un sarcophage ou un dolmen
Que l'on déchiffre avec avidité ou dédain.
C'était la stèle de l'architecte.

« Leurs armes étaient noires de leurs ennemis
« Jamais ils ne les avaient grattées ».
Il pensotte, obsédé par un maléfice,
Il se souvient, par occultations
D'une première tempête pas même initiatique
Dans un ciel large comme une botte grise,
D'une envie de survivre,
D'une musicienne aux notes rauques,
Tortillant son buste,
Et le rivage abordé dans la nuit.
Les crabes insomniaques couraient
Sur leurs ongles et fouillaient avec leurs pinces
La vase, ses vers, les algues, leurs pustules,
Et les noyés jusque dans leurs poches.
Il avait surnagé, il avait échappé aux crustacés,
Il avait cru survivre, il avait atteint
La seconde geôle, la seconde tempête.

ACARIEN DE CALCAIRE

Sa famille gravier et le sable se mêlent
À l'ombre des trembles et la chaleur de l'air, paisiblement,
Goûtent les chaussures qui les caressent en crissant,
Les cannes et les ballons,
Les roues aigres des poussettes ou des fauteuils roulants.
Agrippée au socle d'une statue, une femme, vieille,
Tombe et sa chute soulève une poussière lourde.
Il se glisse, caillou ovale et plat, dans un soulier.
Collé au talon, il tâte ce pouls qui ne bat presque plus,
Il écoute paroles, bruits, piétinements, sirène d'ambulance,
Il est emporté avec le corps endormi,
Il rejoint les odeurs de l'hôpital et les résignations.
Il ne s'intéresse qu'à la femme écroulée avec lui.
Acarien de calcaire, il accroche la peau.
Depuis des mois, elle souffrait, entend-il,
Les remèdes cultivaient le mal, elle ne dormait plus,

Elle ne parlait que pour geindre.
Le soir, il se promène avec elle dans les étages ;
La nuit, il veille. Le lendemain, rien ne bouge, ni elle ni lui.
Le troisième jour, les mots se font situation compliquée,
Soins qui continuent, avis du professeur, espoir, toujours.
Au septième jour, la vieille femme respire encore.
Mal mais elle respire. Il le sait.
Il l'entend déglutir. Mal mais elle déglutit.
La jambe gauche bouge. Mal mais elle bouge.
Un homme ronchonne maman est diminuée,
Diminuée jusqu'à la non-existence.
Il fait chaud dans cette chambre, trop chaud,
Trop chaud pour moi, trop, trop chaud pour un caillou.
Une infirmière demande : « Tout va bien ? »
L'homme répond « Oui, tout va bien ». Il étouffe sa mère.
L'homme embrasse la pommette cireuse. L'homme sort.
Le caillou s'endort, collé au pied de la morte.

LE MARCHÉ, AU TEMPS DE L'ARCHITECTE

Frôler les châles, les foulards, les jupes tissées,
Les chemises et les chapeaux,
Enjamber les pots vernis, les tapis,
Les piles de couvertures aux dessins géométriques
Éviter les plateaux, les chaînettes ou les lampes,
Tâter, humer, plisser les yeux.
Ici, les poissons pendus, les œufs dans un bol,
Des tomates et des piments sur un torchon ;
Là, les cactus en fricassées glauques,
Les calebasses de jasmin séché et les sacs de poudres
Jaunes, mauves, vertes, grises ou rouges…
Les tauds ombrent les monceaux de pastèques,
De concombres, d'aubergines, d'oignons roses ;
À l'étal des jouets, les poupées de paille et de chiffon
Sont coiffées des mêmes nattes noires que la vendeuse ;
Sur une table protégée par une grille,

Les os, les écorces, les fleurs, les plumes délavent
L'éclat des bagues ou des bracelets en or ;
À sa droite, les ingrédients magiques :
Fioles de batraciens séchés, crochets de crotales,
Mygales, chauves-souris ou hannetons pilés,
Phalanges amollies dans un bouillon brun.
L'air crépite des volailles embrochées, grasses,
Murmure dans les corbeilles d'osier,
Sonne les cloches du bétail ou des prêtres.
Les coquillages que le chaland brasse bruissent
Et sifflent tristement les merles en cage.
Une femme accroupie tresse le jonc,
Le rémouleur chante avec sa meule,
Les cordonniers astiquent ceintures et harnais…
Passent les notables qui se mêlent aux paysans.
Puis, tout disparaît, le marché, le temple, le palais
Et son architecte.

L'AVALANCHE

Elle était lui contre lui, tout contre, elle était sur lui,
Neige et glacier, blancs l'un et l'autre, passion et frisson.
Mais le soleil ou le redoux, la foudre ou la pluie,
Quelque chose de commun et d'inattendu
A bougé infimement leur étreinte.
Elle est contre lui, devenue absente,
Elle est adversaire quand elle était amante.
D'abord lentement, la plaque se décolle du versant.
Rien ne se voit ni se sent, l'épaisseur est la même,
La tendresse aussi peut-être, rien de définitif peut-être.
L'hésitation, balancier lourd, démarre
En même temps que la lutte et s'accélère,
Ça s'entend dans les soupirs, les *« pourquoi ? »*,
Les reproches tus, les poitrines qui se heurtent,
Les froissements tragiques des séracs et des corniches.
Des flocons, il en tombera, le gel reviendra,

Ils vont se réconcilier et tout sera comme avant,
Naissance de deux éléments qui n'ont fait qu'un.
L'horloge forge la rage chez l'un, l'abandon chez l'autre,
Droite gauche, derrière devant, alternativement.
La caresse devient combat. Inexorablement,
Le bateau, retenu par le vent, s'éloigne d'un quai,
Toute trace de nostalgie est déjà l'onde de la fin,
La fêlure devient crevasse, la brasse mile,
L'esprit de l'une prend la mer, celui de l'autre s'accroche.
La neige, plus libre, plus folle, s'évade ;
La pensée de l'une s'enfuit quand celle de l'autre s'effrite.
Le glacier pleure et rit qui comprend qu'il est fini.
Un meurtre se prépare. La neige en plaque se détache
Et, cataclysme, entraîne tout sur son passage.
Ce n'est ni la mort de la neige ni celle du glacier,
C'est la mort du paysage.
Il reste la poésie quand on ôte le superflu.

FRACTURES

Il fut un seigneur quelques minutes peut-être ;
Il ne l'est plus ; il est prisonnier d'une tête
Qui dépasse de sa chemise et ne le comprend pas.
Il boit le torrent à pleines mains,
Il avale le bois, écorce de pain,
Il dit les mers ou les villes, les monts ou les fleuves,
Les gens de rencontre. Il attend l'orage.
Tout le monde attend l'orage.
Après la tempête, vague après vague,
Faim après faim, effroi, éreintements,
Matelots, passagers et la Musicienne aussi
Disparaîtront en criant. L'horizon,
Lait scintillant, monte incandescent.
C'est l'aurore glaciale et glabre.
Dans les orbites, les souffles varient toujours ;
Des insectes mauves y croquent l'épouvante ;

Le soir s'en gonfle tel un long cri,
Appel qui grandit, grandit, grandit
Comme un nuage gris dévorant
Ses propres volutes sous les seins du vent
Et qui s'évanouit à la surface de l'océan.
Il ne rêve plus d'apprendre à se diluer
Dans l'air, le feu, la terre ou l'eau.
Il ne rêve plus car les rêves sont pires encore.
Dès la première nuit, première tempête,
Il s'éparpille — sur une armoire acajou,
Un chien en bois aux pattes raides tend ses crocs —,
Il se heurte aux plaques de métal, se débat.
Avec l'envie de percer les durs furoncles,
Se fermer aux plaies, n'être plus ce qu'il est.
L'inlassable gyrin se cogne contre lui-même,
Sa carapace lisse descend
En spirales jusqu'aux algues pour y dormir.

REFUGE DANS L'ANCIENNE LAITERIE

Un soir d'hiver, l'étranger erre dans un pays en ruines,
Il avance, le dos tordu, à la recherche d'une chambre
Dans la ville sans éclairage où ne subsiste qu'un hôtel :
Derrière sa façade s'entassent des pierres,
Des tuiles, des poutres carbonisées, des meubles cassés
Et les débris d'un candélabre en verre.
Un passant lui offre un lit
Mais, plus que l'étranger, les enfants ont besoin
D'un abri contre le vent, la pluie, les bombes.
Un soldat l'amène au-delà des faubourgs
Jusqu'à un bâtiment à flanc de colline.
Aux gardes qui discutent devant une porte basse,
Il le présente comme une nouvelle recrue.
Tout ce dont il a besoin, c'est d'un matelas
Et d'un endroit pour attendre que passe la douleur.
Aux murs de l'ancienne laiterie,

Des affiches appellent au soulèvement général ;
Une lampe jaune délimite un trapèze sur la voûte,
Sur le sol, gisent les civières, les armes
Et les provisions ; une femme souffle sur un brasero
Qui chauffe une gamelle de pois chiches ou de riz.
La fumée monte vers les trous du plafond.
Des gosses mal vêtus chahutent dans le froid
Ou dorment avec trois chiens dans une stalle.
Au milieu des combattants qui avalent leur bouillie,
Il y a une fille, vêtue d'un pantalon large.
Dans le silence, elle chante quelques vers, un refrain,
Un hymne de guerre ou de victoire.
Subitement, elle enfouit
Son chant dans les poils d'un clebs sale
Qui approche le museau de son visage.
Cette voix, cette fille lui ont rappelé
Une autre voix, une autre fille.

LA LANGOUSTE

Au loin, sur une pirogue, fil et immobile,
Le mât était descendu et la voile froissée,
Le pêcheur était somnolent et il écoutait l'eau.
Devant, les enfants couraient et ils riaient,
Les mouettes volaient et elles criaient,
Le zéphyr se parfumait de couleur et de sable.
Derrière le parapet, il y avait une table et une assiette.
La peau était belle et les cheveux rêches,
La robe mal fichue et propre,
Elle était mendiante et elle était putain.
Elle était jeune et pitoyable,
Trop jeune pour sourire et comme elle le faisait,
Pleurant presque et cachant ses dents manquantes.
Derrière le parapet, il y avait une table et deux chaises.
La chemise était si claire et les yeux encore vifs,
Les mains soignées et les lunettes cerclées d'or,

Il était assis et il était face à l'océan,
Il était lui et juste là.
Il avait les incisives nettes et faim de soleil,
Il décortiquait une langouste et souriait au sourire.
À la fille timide et qui craignait d'être repoussée,
Il offrit une bière et partagea son crustacé ;
Cela donna un espoir si grand et si faux à la gamine
Qu'il lui abandonna la table et son repas.
Il se leva et régla l'aubergiste qui chassa l'intruse.
Elle n'avait pas dit son nom et elle n'avait pas dit son âge,
Elle avait évoqué son fils si petit et si seul à la maison.
Sur la plage, elle tangua et reprit son chalut,
Espérant pour bientôt une autre chemise claire
Et gommant le prix qu'elle aurait à payer,
Elle cracherait sur les billets et cela les laverait.
Elle rêva d'yeux encore vifs et de mains soignées
Qui lui laisseraient plus qu'une bière et une langouste.

LES FIGUES SUR LA MOSAÏQUE

Le taiseux Samir verse le thé,
Pose la casserole de cuivre
Et reprend son narguilé.
Nous sommes à l'ombre d'un figuier,
Figure pachydermique,
Au tronc pattes soudées,
Aux trompes à peine mouvantes,
À l'écorce craquelée, peau grise.
Les oiseaux le débarrassent des thrips,
Et les fruits qui tombent,
Pulvérisent leur encre mauve
Sur une grande mosaïque carrée.
Les marsouins en tesselles grises,
Bondissent entre les pépins de figues
Et s'écartent du médaillon central,
Grotesque Neptune-Triton

Aux mèches, pinces de crustacés ;
Dans un angle, Éole dessiné en Cupidon,
Gonfle les joues, serre les lèvres ;
Dorades, raies, sardines et rougets
Constellent le cadre, sa frise, en débordent.
Coraux, limules, oursins,
Tourteaux, cigales, langoustes,
Poulpes, calmars, méduses
Se promènent, s'enlacent ou se pincent.
Les palmiers s'ornent d'une floraison vinasse,
Comme des algues devenues arbres.
Sur un rocher, un pêcheur à moitié nu
Plonge un harpon dans l'eau saphir,
Celui que n'a pas le maître de la mer,
Et transperce un thon.
Élégance de ce grand poisson
Nageant en troupeaux violents.

AU BORD DES PLAGES CONSUMÉES

Écrites à la gloire de princes têtus,
De guerres absurdes, de conquêtes cyniques
— Toutes ces actions d'éclat ne servirent à rien,
À rien d'autre qu'à la fin de leur propre monde —,
Les épopées s'estompent sur les squelettes
Rongés par le sel, le vent et les anguilles.
Les trahisons successives ou les massacres
Ne peuvent même plus ternir
Une légende qui n'existe plus.
Ainsi dans l'ombre ondoyante des laminaires,
S'étend, telle l'Atlantide, plus qu'une ville engloutie,
Un continent devenu l'empire des mérous
Des rascasses, des ombrines et des grondins.
Les étrilles cristallines, les glaires de mollusques,
Les cétacés mort-nés, les larves de bénitier,
Se suspendent entre les ruines écroulées,

Les dalles plantées de chandeliers vésiculeux
Ou les autels aux chevelures chthoniennes.
Les nouveaux habitants dédaignent ces reflets verts
Sur les murs de grandes bâtisses en cendres.
Plus loin et peut-être au même moment,
Des galeries tournantes,
Des portiques à rinceaux ou à torsades,
Des fresques écarlates, des pleureuses et des sacrifiés
Racontent les victoires grandiloquentes,
Dérisoires paons d'histoire repris en chansons.
Ici et là-bas, le tombeau oublié d'un architecte,
Qui bâtissait des civilisations sur des décombres.
Ici et là-bas, au bord des plages consumées,
Où se promenaient les jeunes filles percluses d'espoirs,
Ballottent des jarres qui se répandent en rubans indécis,
Filaments liquides, suspensions, indécises émulsions.
Les humains se dissolvent, insensiblement.

À L'AUBE DU GRABAT

Dans un squat, il somnole sur un sommier crevé.
Hier, errant au bois de Vincennes,
Il avait surpris, se cachant derrière les arbres,
Son double l'observer ;
Et les deux, se fixant sans se reconnaître,
S'étaient mis à trembler, le froid sans doute.
Avant-hier, il avait tout perdu sans pouvoir bouger.
Pour gommer ces instants et admettre sa douleur,
Il renonçait à lutter pour qui contre quoi et même à boire,
Il s'enfouissait comme un iule sous les schistes
Depuis qu'étaient partis en cendres et goudrons,
Ses meubles, ses habits, ses livres, ses outils, son travail,
Sa compagne, son fils.
Dehors, la ville bourdonne sous la neige tiède.
Au matin, il tendrait son front vers les échinaires
Avant de se jeter dans la Seine,

Une pierre nouée à son cou de rien.
Vers minuit, il se réveille, se frotte les yeux :
Une vapeur laiteuse se tient à l'aube du grabat.
Il se redresse, appuie ses épaules contre le mur.
Ses yeux s'accoutument dans la grisaille,
Et il distingue les contours d'une femme.
Qui êtes-vous ? Comment êtes-vous entrée ?
Elle ne répond pas.
Que cherchez-vous ? Un abri vous aussi ?
Parlez ! Prenez tout ! Je n'ai rien.
L'inconnue semble sourire, longtemps.
Est-ce un rêve, un délire, une illusion ?
Est-ce une dame blanche ? Une ange ?
Que dois-je faire ? chuinte-t-il. Elle se tait.
Il entend soudain la réponse.
Elle se lève. Il veut la retenir, bute dans les gravats.
Il la suit jusqu'à la porte verrouillée. Elle disparaît.

PROMENADE

Il marche et scrute des ombres dans les recoins,
Derrière les éboulis ou les chaînes pendues,
Sous une arche aveugle, un escalier et les égouts.
Il marche et scrute les méandres, il s'engage
Dans le lacis de couloirs, entre les amas de moellons.
Aucun mur n'est intact, aucune salle n'est pleine,
Aucun sol n'est plan, aucune porte n'est close.
À travers les pans d'un plafond éventré,
Ou les grilles d'un œuf de bœuf,
Il distingue l'azur barré d'un nuage.
À pas hésitants, il parcourt ces ruines
Luminescentes où rien ne pousse,
Un labyrinthe sans végétal même en rond de bosse.
Les cabestans, les lanternes, les roues,
Les anneaux, les cordes à quintuples torons
Et les lierres diffus ne sont que des hachures.

Il distingue un fauve, sculpture érodée,
Sans doute un rocher taillé par le vent.
Il fouille sans fouiller, il cherche sans chercher
À se souvenir, il repère sans se repérer
Et peut-être il tente sans tenter de sortir.
Il flâne dans un univers clos
Où les échelles n'atteignent rien,
Où les esprits flottent mollement,
Où les heures se fondent et les jours se soudent,
Où les ombres tendent des doigts dans l'ombre,
Où l'odeur de l'air est musique vide.
Tous les promeneurs sont seuls, même en couple ;
Avec leurs grands chapeaux,
Ils se penchent au bord d'un surplomb vertigineux,
Simulent un geste vers une poulie, une potence
Et observent l'écriturier
Comme s'il était un corbeau.

ENSANGLANTÉES

Des humains, des animaux, des mers, des jardins
Défilent tumultueux contre les parois
Jusqu'à l'occiput. Et tintent des clochettes, tintent
Ding-dong, sans qu'il sache ce qu'elles sont,
Ding-dong. Ces formes superposées et conflictuelles
Secrètent des pigments, leurs propres couleurs
Et d'autres encore, ding-dong, se désagrègent,
Se reconstruisent, avec précision.
Ce sont des huiles citron ou ensanglantées,
Des encres noires ou crème, des lignes, des signes
Qu'il peint, déplace, recompose infiniment
Sans jamais pouvoir les en sortir,
Accumulant ses envies de pétales,
De tiges fines balancées dans le vent,
De fruits, lèvres, lobes, fourrures,
De massifs tremblants et de pluies de feu.

Une fois finies, ses rares, trop rares toiles,
Encombrantes, trop encombrantes,
Lui apparaissent, malgré les polissages,
Recouvrements et palimpsestes,
Comme des brouillons maladroits.
Il aurait voulu vivre les instants,
Profiter de ce qui l'entoure, goûter ceux qui l'entourent
Plutôt qu'étouffer sous ces taches écarlates
Ces lumières ou ces ombres insaisissables,
Trop nombreuses, trop lourdes,
Sorte de musée qu'il est seul à visiter.
S'il avait une connaissance particulière,
Ou simplement une idée du monde, il pourrait les dire ;
Il ne possède que des fleurs dans un flot continu,
Et son sommeil s'encombre d'autres histoires,
D'autres heuchères sanguinolentes, plus terribles encore
Que celles qui se construisent quand il est éveillé.

LES MOINEAUX FONT LA FÊTE

La ville, seule et vide, n'est pas mourante,
Les rares arbres attendent l'automne,
Les rues nues sont grasses.
Ils se promènent, oubliant qu'ils n'avancent
Ni sous la pluie ni sous le soleil,
Parlant d'un autre qu'il ne connaît pas.
Un chat noir miaule ou peut-être gris,
Et c'est après un collègue roux que le matou en a.
Dans ce décor maussade et tiède,
Les pies pleurent et les moineaux font la fête.
Elle était triste et bavarde,
Imbue de la certitude que tout lui échappait.
Comme-un-coquillage était assez absent,
Juste content qu'une mèche de mica noir
Le frôle dans un souffle — un corbeau lance un cri,
Personne ne lui répond —, juste content,

Content d'écouter ce chant abstrait, partie du paysage.
Il la savait imperméable. Il l'était aussi.
Dans le frottement des pas et des mots, il se laissait flotter
Pour relire envies passées, espoirs perdus,
Ceux d'une vie qui aurait été utile ou amusante,
Pour imaginer la tristesse de cette femme,
Une jolie femme aux cheveux minéraux,
Pour se souvenir de l'écriturier,
Celui qui avait le don malheureux d'écrire n'importe quoi
Et de se lancer à l'assaut de n'importe quel monde,
Vite et mal, toujours vite et mal,
L'écriturier dont il n'avait plus de nouvelles.
Qui s'accommode le mieux des illusions ?
Comme-un-coquillage englué dans ses souvenirs ?
La femme qui ressasse ses déceptions ?
Ou bien celui qui court de tempête en tempête ?
Inutilement.

SANS RIEN DIRE

Le chalutier se soude au rocher, îlot de la plage.
Il n'y a plus ni pêcheur ni capitaine,
Ou bien ils se sont transformés en chats
Somnolant dans les amas de cirés, de chandails,
De chiffons en cambouis, pansements déchiquetés,
Nids douillets, charpies, dans les replis rouillés du rouf,
Les éventrations de recoins, les escarres de chêne,
Les relents de filets secs, les duvets d'aussières mortes,
Et ils surveillent d'un œil distrait
Les gravelots impertinents, les crabes inconscients
Ou, sur le sable, les reflets de l'eau vineuse,
Sur la pierre, le vent aux algues flasques,
Sur le pont, le vol des guêpes égarées.
Pirates, les chats ont pris possession du navire.
Ils attendent le crépuscule et le jusant,
Pour explorer les escarpements et les dunes de genêts.

Dans l'épaisseur du soir, un homme sort de la lande,
Un linge roussi autour du cou,
Les cheveux collés, les yeux fous.
Il se hisse sur l'épave et tombe sur le pont.
Étendu, la fontanelle en arrière, il ferme les yeux.
Un parfum envahit sa bouche, celui de son sang.
Si c'est cela mourir, un goût dans la tête,
Un corps lourd, une tiédeur dans la poitrine,
Une douce fraîcheur dans les membres,
Alors il est d'accord.
Un premier chat, sans rien dire, se couche
Contre la cuisse. Sans rien dire.
Un second s'enroule du menton au crâne,
Comme pour colmater la blessure.
Un troisième, un quatrième, un cinquième,
Sans se consulter, tous renoncent à leur chasse nocturne.
Sans rien dire.

LE CALME ÉTAIT TROUBLE

Un matin, je te vois immobile,
Immense et tranquille et l'air blanc,
Presque irrespirable, qui devient inquiétant,
Le ciel, sans trace ni bruit, les cormorans,
Les sternes, les pétrels et les goélands ont fui.
Une brume couvre ton miroir gris
Ou bien mes yeux se vernissent de buée,
Oui, ton calme est trouble.
Tout autour, tu sembles déserte
Sans même un soupir sédimenteux ;
Sous ta surface, des âmes s'agitent sans doute
Mais elles se cachent amollies
Dans l'ombre des gouttes
Ou dans les profondeurs mornes.
L'avant-veille tu as joué au fracas,
Aux tintamarres, à la violence, à la colère.

Tu as lancé des montagnes de houle
Et craché sur tes propres enfants
Puis tu t'es apaisée. Complètement.
Oui, ton air blanc est devenu sans air,
Seul ton sel pique les tempes,
Ton silence est cicatrice fragile.
Tu n'es pas sommeil, tu es absence
Et mon pouls aussi devrait être muet.
Sans être aveugle, je ne sais rien, rien que le blanc.
Sans être sourd, je n'entends rien, rien que le blanc.
Sans être anosmique, je ne sens qu'un parfum blanc.
Je ne touche rien, rien qu'une translucidité blanche.
Je ne goûte rien, rien que du blanc.
Je n'éprouve rien, rien.
Je ne suis que résignation
Et je m'épuise au ras de l'eau,
Certain que tu te réveilleras pire encore.

LE PONT

Un pont est une goutte qui s'écoule,
Une vague qui se frotte aux vagues
Un air aussi peut-être, celui qu'on expire,
Et cette arche-là, barcasse sans étrave ni poupe,
Jette sa coque ronde d'un talus à l'autre
Où courent comme des orvets les ronces
Qui du parapet se balancent jusque sous la voûte,
Et s'enlacent aux gesses roses,
Feuilles poulies, lianes et tiges, inutiles haubans,
Minces aussières qui ne retiennent qu'elles,
Montent et retombent, passerelles pour fourmis.
L'antique pont de pierre sur ce chemin oublié,
Il le prend chaque matin, capitaine estropié,
Tenant ses cannes comme des fourchettes,
— Ce n'est pas difficile même si parfois la fin
Du mouvement diffère du trajet initié —,

Leurs bouts butant contre un pavé, sa chaussure
Une motte ou une touffe d'herbe.
Les pointes frôlent une lèvre, une dent,
La langue — marcher le fatigue et manger le dégoûte —,
Le vieux marin avance jusqu'à son jardin.
Il cogite une échelle, longue et verticale ; il s'accroche
Aux barreaux comme à ses béquilles.
Il compte un, deux, trois, quatre, cinq, il décolle du sol,
Dix-sept, dix-huit, dix-neuf, il entre dans les nuages,
Vingt-six, vingt-sept, dans le ciel, il revoit son enfance,
En dandinant, il descend au bas du village,
Déjà il bouge mal, il dévore la terre, grasse et noire.
Alors, se couchant dans les ruines du lavoir,
Il joue avec les crapauds et les salamandres jusqu'au soir.
Le vieux marin sourit en passant le pont.
Jamais il n'ira plus loin. Il trébuche, chute et s'endort.
Il a passé le pont.

S'ÉVASANT

Homme de l'eau, sur les sommets je suis vent
Et, dans la vague je suis elle.
Avec des mots simples, murmure l'écriturier,
On percute les nuages ou les usages
Qui rendent aveugle ou sourd ;
Avec des mots entrelacés,
On se dédouble pour leur tourner autour,
On les séduit, on les avale, on les fuit.
J'avais, moi aussi, cru appartenir à la houle.
Sans mélancolie ni remords,
Les épaules humides ou la joue sur un coussin,
Je somnole, je me vertige de mes vagabondages,
Prêt à rompre les amarres, à effacer l'inutile.
Hier, je fus corail, je fus tortue et je tentais
De me greffer des pinces de crabe.
Demain je ne serai plus et désormais

Je m'enroule, longue hélice autour de ma brume,
Couleuvre, vigne ou pois de senteur,
Je me recroqueville, superposant mes écumes,
Coquillage, et mes peaux sont comme les torons
D'une corde entortillée sur elle-même.
Comme l'on dit qu'un mourant revoit sa vie,
Je revis mes morts, images par paquets qui déferlent
Et repartent, éléphants danseurs, ruines éteintes,
Lumières sur une plage, montagnes de neige,
Ciels à s'y fondre, raies mantas et poissons-lunes
Félins-colibris, dynastes ou chrysopes.
Les eaux et les airs s'unissent,
Matières et couleurs, musiques et parfums,
Déteignent et tournent ensemble,
Tournent en un maelström translucide,
Une tornade lente, une spirale,
Qui en s'évasant, s'élève vers nulle part.

SA PAUME EST LEUR LINCEUL

Avant que s'allongent les ombres dans le crépuscule,
Que s'éloignent les odeurs de fruits et de cuirs,
Que s'estompent les cris des marchands et des bestiaux,
Les mouches vont d'un point à un autre, se posent
Sur les fruits ou les détritus, errent sur une table
Puis partent dingues à la rencontre de leurs congénères
Et, succombant à la séduction, elles se doublent.
Bruyante, la guêpe attaque la viande,
Les pêches mûres, les sardines ou le miel ;
Elle se déplace lourdement — son vol
Est imprévisible, on l'atteint d'une gifle,
À terre, elle remue pattes et antennes
Pour repartir étourdie —, s'accroche à un rameau,
Flaire une fleur, remue son abdomen,
Butine jusqu'à ses ailes, marche un peu et s'enfuit
Dans un vrombissement acide

Aussi inquiétant que celui de vingt moustiques.
L'abeille, son bourdonnement est doux.
Il faut s'approcher à pas mesurés d'un arbre
Où se niche une ruche ; rester immobile
Pour observer les ouvrières aller ou venir
Et tendre l'oreille à leur polyphonie grave.
En été, l'écriturier voudrait caresser leur fourrure
Mais il lui est difficile de passer un doigt
Sur leur dos ou leur thorax.
À l'approche de l'hiver, quand affaiblies
Elles ralentissent leurs divagations
Que le gel et la fatigue les tuent,
Elles tombent sur une souche, un caillou, un muret.
Alors, tous les ans, aux alentours du solstice,
Il recueille les cadavres. Sa paume est leur linceul.
Pinçant leurs courtes pattes,
Il promène leur duvet jaune sur sa joue.

BROUILLARD

Comme-un-coquillage ouvre la fenêtre.
C'est le plaisir d'être à Istanbul avec sa maîtresse,
Une joie trop grande pour être serrée dans cette chambre,
L'envie contenue de la crier à toute la ville,
Un sentiment jusqu'alors inconnu et inespéré.
Dehors le brouillard efface les toits proches,
La rue et ses passants rares, les arbres et la neige aussi.
La guérisseuse remonte la couette blanche
Sur sa peau nue. Elle sourit. Elle tremble un peu.
Il revient vers le lit et se jette sur elle
Lèche la nuque, hume le cou, tripote le lobe de l'oreille,
Contemple la courbure du menton,
Enfouit son visage dans les cheveux noirs.
Elle murmure quelques vers mal fichus,
Il y est question d'une mansarde comme un nid
De deux oiseaux ou de futurs regrets.

Les mots ne sont ni stupides ni discordants
Mais, à cet instant, il ne veut que du silence ;
Par la fenêtre ouverte, le silence et l'extérieur
Se déversent avec la ville disparue et présente,
Tapie et verglacée. Tels deux dogues dociles,
Ils s'installent tranquillement aux pieds du fauteuil,
Sous la table sur laquelle est renversé un jeu d'échecs,
Et, gommant le coin du tapis ou la chute des draps,
Amènent les flocons dans leur danse, jusqu'au chevet.
Le silence et l'extérieur voltigent cotonneux,
Progressent d'abord au ras des murs, puis enflent.
Les meubles se débattent dans un amas de cumulus
Et l'encre des estampes anciennes se dissout.
Comme-un-coquillage prend peur et ferme la fenêtre ;
Plus que le froid, plus que les frissons de son amante,
Il veut suspendre cet éther qui les rendrait invisibles,
Oui, interdire que le ciel n'efface ce moment.

UNE SEULE FEUILLE JAUNE

Il se tasse dans la chaleur montante de l'aurore,
Face aux vagues, à leurs miroitements,
Face au bleu illimité, aux filaments en suspension,
Face aux perceptibles mouvements d'une voile au loin.
C'est un tableau inaltérable, infini, ancien,
Une immobilité sur laquelle l'écriturier s'appuie.
Il ne bouge pas, il voit, il n'entend rien,
Il dissimule un crâne difforme
Dans une capuche de fils blancs,
Son regard flou sous des lunettes sombres
Et ses onze cicatrices.
Oubliant l'enfance, les années d'errances
Repoussant son absurde envie d'ailleurs,
Il abandonne son corps et ses pensées,
Il étire les rares souvenirs, simples, uniques, fixes,
Longues poires confites sur une tarte,

Colibri au vol stationnaire,
Brillante hoplie qui le frôla longtemps,
Aile bleue cérul dans un climat sirupeux,
Ramure décolorée d'un pommier
Où s'accrochait sans trembler une seule feuille jaune.
Surtout, il distingue le visage et le cou d'une dormeuse,
La brume éternelle dans un paysage identique,
Les astres stables, vertèbres de l'univers,
L'envie d'être une absence ou sourd.
Dans le figement du roulis retenu,
De sa peau qui se réchauffe,
De ses yeux trop secs, de ses os ivoire,
Il fixe le velours blanc au loin,
Le miroitement azur, les filaments suspendus,
Les vagues absentes, la chaleur de l'air,
Il s'enivre d'instants blancs avec l'habitude de n'être vu
Ni par les vivants ni par les éléments.

VOIR S'ARRONDIR SON VENTRE

Sa grosse tête dépasse, balance, vide ou trop pleine,
Balance sans comprendre la danse de la Musicienne.
Il n'avait pas mieux compris celle de la Navigatrice.
Sa grosse tête dit oui, oui, elle dit oui. Oui.
Sur le pont, les autres, englués, font confiance
À l'équipage. Les paroles volent, failles d'un soir,
Le vent fraîchit, les marsouins s'en vont tandis
Que montent des mugissements du côté de l'horizon.
L'océan qui écume sans se soulever
Une colonne de nuages, un soleil soudain obscur,
Annoncent un petit massacre, le dernier qu'il verrait.
Ce ne sera qu'une catastrophe locale au milieu de l'eau
Et de ses crêtes martelées par des sabots,
Des milliers de sabots. Cette catastrophe
N'est rien face aux autres, à leurs millions de cadavres,
Face à ces autres carnages,

Sous bien d'autres sabots, emmitouflées les sabots.
Les armes étaient couvertes de graisse sépia,
Mais doit-on mesurer un désastre à ses morts ?
Il faudrait hurler et que cela cesse. Hurler quoi ?
Qui appeler ? Qui ? Tout est vain. Se savoir témoin
Sans rien dire. Ne rien pouvoir dire.
Le soir, les planètes sont froides, les paumes se déroulent,
Les phosphènes collent, les insectes grouillent,
Le vent feule gentiment.
Il aurait été une jeune femme inconsciente
Les yeux retournés sous les paupières,
Et son flanc aurait été battu
Par des vagues aux liserés de mousse sombre,
Ou bien une mère, une future mère,
Pour voir s'arrondir son ventre,
S'anguler, bouger quand il se serait couché.
Une mère pour admettre le sang.

LE TUNNEL

Le sentier sinue vers une à peine clairière
Bordée de prunelliers, tarde, s'y arrête.
Une tortue et une vipère de Xanthe paressent au soleil,
S'ignorent, glissent enfin sous les hautes herbes,
Les maigres fougères, les olivastres et les ciguës,
Et s'enfoncent entre les buissons de chênes piqûs.
Un tunnel, suffisant pour les lièvres, les sangliers
Ou les petites chèvres, ouvre cette masse épineuse.
Au-delà il y a la mer, une baie, un voilier
Sur lequel chante Brise. Je le sais et j'y vais.
Un mille-pattes, une mouche aux yeux gypse,
Des épeires grisâtres, des guêpes rousses,
Des grosses chenilles à bubons carminés,
Une fourmi volante à long appendice…
Ces bestioles marchent, se battent,
Volent silencieusement, organsinent leurs soies,

Fignolent leur nid, pendent aux rameaux morts,
S'immobilisent, se dévorent.
Je dois avancer. Je repère trois pins
Qui trouent ces feuillages confus,
Se béquillent sur des blocs abrupts,
S'élancent, droits, gris puis verts.
Je tente le tunnel, je bute, recule, contourne.
Les guirlandes de salsepareille emmêlent leurs triangles,
Leurs griffes, se dédoublent, se détriplent,
Se marient aux ronces et leurs crochets
S'agrippent aux cicatrices de mon cou, de mes bras,
Déchirant ma chemise et ma jambe.
D'un bâton, je les écarte et, quand elles cassent,
Se faufilent dans mes chaussures, mon pantalon.
Malgré mes ruses, la végétation me refuse le passage.
Je renonce. Je rebrousse chemin.
Ni de près ni de loin, je n'apercevrai Brise.

LA CAISSE

Secouée dans un maigre balancement,
La caisse est posée, enfin immobile.
Contre la paroi de planches, il avale les relents
— Un fantôme aurait pu y séjourner —, il se cube,
Angulant son crâne dans le coin du couvercle,
Il écoute les cris des goélands,
Les clapotis et les conversations ronronnantes.
S'effacent le présent et les images passées — un vigneron
Harcèle ses cueilleurs, c'était entre Narbonne et Béziers
Ou dans la plaine d'Arles, le soleil était trop fort,
La terre trop lourde, les hottes trop hautes,
Le raisin trop collant —, cherchant un vertige
Ou l'absence, il grimpe des échelons invisibles,
Cinq, sept, neuf, préfère l'impair, la brume cache la rive,
Les ports, les murailles d'une forteresse au loin,
Vite, retrouver la nuit, compte, compte les étoiles,

Onze, treize, quinze, hisse-toi, sors de là,
Non, ce sont des barreaux, pas des étoiles,
Les barreaux d'une échelle, pas d'une cellule.
Tenir une fourchette ou une idée, il y parvenait parfois,
L'odeur des saucisses, gicle la graisse, le dégoûte,
Il craint de tomber, ne veut pas manger Lapin, pense
À ton échelle, à tes barreaux, vingt-neuf, mange la terre,
Grasse et noire, tu n'es pas une tarentule,
Tu es le marin à grosse tête. Souviens-toi du jardin,
De la forêt proche, des grandifloras, du bassin de pierre,
Du ruisseau et des enfants qui s'éclaboussent,
Tu oublies les mots des bêtes et des plantes,
Seules la glaise ou l'huile font écho. Trente-trois.
La boîte solide est ta caverne, havre prismique,
Et dans le recroquevillement de ta chair, tu t'y blottis,
Tes bras sont deux serpents qui s'enroulent, sinuent,
Et se jettent dans le vide devenu éblouissant.

JE CHANTE LA BONACE

Tremblante, une main sèche avance
Ses ongles longs, tranchants couperets, se recourbe,
Cli-cla, touche le cou, perce soudain et, avec l'attention
D'un orpailleur, écarte les os — ne plus sentir
Ni fissures ni bosses inquiétantes
Car elles sont intérieures —, s'insinue dans les chairs,
Extrait une boule, un kyste, un mollusque
Ou je ne sais quelle excroissance,
Se retire, caresse ma tignasse, s'y essuie, tachant
De sept gouttes le sol et les murs, disparaît.
On entend une vieille vestale, borgne et qui radote.
« Les astres m'ont léchée, dit-elle ;
Les femmes m'ont battue et les hommes ont ri ;
Seules les bêtes m'ont caressée ;
Mais admire ces articulations et ces ongles ! »
Que pourrais-je admirer alors que dégouline,

Le long de mes cervicales, un suc aux relents de cadavre ?
Alors je chante la tempête, la bonace ou le vent rompu,
Le clapot sec ou la houle que descend un voilier,
Je chante la fermentation du gingembre,
Je chante les temples aux marbres polychromes
Les cabanes de berger — entre les pierres pousse
La joubarbe, la porte ferme avec une corde — les huttes,
Les cavernes où se lacent les fauves,
Je chante ces personnages, ces mêmes personnages
Qui naissent et renaissent avec les mêmes attitudes,
Je chante l'enfant aux billes, le marin aux doigts coupés,
La musicienne aux chevilles vêtues de coquillages,
Le vieillard au crâne de tourteau,
Le sorcier guitariste, la navigatrice anorexique
Et cette vieille vestale qui radote.
Surtout, je chante Brise, son sourire enluminé,
Et sa médaille à la chaînette d'or.

UN SINGE DANS LA FORÊT

C'est un village proche de l'océan,
Aux terrasses avachies, aux chaumes fondus,
Où vers midi montent les arômes frits
De sardines à queue blanche, de bananes sauvages,
Les grillades sont arrosées d'épices,
Il y a la chaleur, la soumission ou l'insouciance.
Une piste sort de la plage, déambule sous les poules
Qui discutent devant les chiens endormis,
Traverse un ruisseau et s'emboue.
Elle continue jusqu'à la forêt haute et poisseuse,
Au feuillage lourd et contourne un enfant presque nu.
Si petit, il est laissé à son ennui.
Il cherche un insecte entre les cailloux
Pour en faire un compagnon.
Un singe accourt et se blottit contre le gamin,
Il grimpe sur sa tête, commence à l'épouiller,

Et, de ses quatre mains d'humain,
Parcourt les tempes, la nuque, la fontanelle.
Il ne trouve pas ce qu'il cherche.
Alors il embrasse l'enfant, lui entoure le cou
Et lui offre peut-être ses propres poux.
Inquiet ou pris de fringale, le singe s'échappe.
L'enfant court derrière lui et s'arrête
À la tête sculptée qui, émergeant de l'humus,
Se hisse lourdement jusqu'aux lianes,
Pour y lier ses boucles de pierre.
L'enfant pénètre dans le temple abandonné,
Refuge de chèvres quand il pleut,
— Personne n'y va, pas même les chiens,
Il y fait sombre, l'odeur y est étrange —
Il y trouve la nuit, la nuit plus noire que jamais.
L'obscurité l'oppresse et le libère,
Avec le singe, il devine les étoiles.

L'HÔTESSE

Entre les remous doux,
Les coraux — faïences et silhouettes —
S'abandonnent ou se laissent brouter
Par les poissons-clowns et les tortues.
Un peu plus loin, assise sur un rocher
Émergeant du sable et de la vase,
Une vieille anémone rose et blanche
Ignore le tombant qui, à son pied,
S'ouvre sur des profondeurs diffuses.
Entre ses multiples bras somnole un crabe,
Un crabe étrange qui ne craint pas le poison,
Un petit crabe prêt à cogner et qui agite ses poings.
Il est mâle, impétueux et roule des rotateurs,
Des obliques saillants, des épineux trapèzes.
Sa peau de brique sombre, de chocolat pailleté,
Héritée de sa première mue,

Son visage caché derrière ses pinces,
Et ses bulles enfantines donnent envie de lui.
Tapi sous les tiges volubiles
Qui ondulent et le protègent,
Il attend ses proies et défend son hôtesse.
Elle agite ses tentacules translucides,
Caresse la carapace et ses gestes sont doux.
Il est bien avec elle. Ils sont bien ensemble.
Commensalisme insolite
Entre l'actiniaire et le crustacé,
L'association défie l'ordre social.
La foule des coraux ne voit
Qu'une maîtresse et ses fouets,
Un jeune intrigant et ses pattes plates,
Un appariement contre nature.
L'anémone brave l'interdit.
L'interdit, c'est un crabe.

UN FÉLIN AU POIL RÊCHE

Peu importe ce que vous faites en ce lieu,
Ce que vous n'y cherchez pas. Vous y êtes, cela me suffit.
En vous écoutant, je comprends mieux ces monuments,
Ceux qui les ont construits, ceux qui y ont vécu,
Ceux qui les ont détruits.
Jamais je ne verrai les morceaux de ce bout de planète
Jamais je ne saurai ce qu'est voir. J'écoute et je devine.
En mariant l'angle décrit d'un mur délabré
Aux gestes d'un chat furtif, un cyprès aux blocs taillés,
Le sourire de deux promeneuses au feuillage, je bâtis
Un monde différent du vôtre et qui n'est que pour moi.
Je ne sais du soleil que sa chaleur,
Et de sa lumière que sa fraîcheur à l'orée d'une arche.
Je ne sais du ciel qu'un air humide ou sec, toujours noir
Si on peut appeler noir une teinte qui n'existe pas.
Même l'eau est chose étrange.

J'évalue des couleurs qui ne signifient rien,
Associant le rouge à la saveur du sang,
Le jaune à un parfum aigre, le vert aux conifères.
Je devine les distances et les formes d'animaux
Que jamais je ne palperai :
Une vache est un gros félin au poil rêche,
Une abeille un oisillon velu et sans plumes.
La difficulté est, à partir du discours d'un autre
Dont les mots ne représentent ni sa propre pensée
Ni la réalité qui l'entoure, de faire se correspondre
Les images invisibles de souvenirs invécus.
Chaque élément appréhendé s'inscrit dans un univers
Qui n'appartient qu'à moi
Et que même un autre aveugle ne peut concevoir.
De toute façon, personne ne voit la même réalité :
Compensée par la lenteur de mon approche,
La mienne n'est pas la pire.

LE RUISSEAU

Pour monter à cette bergerie et à son abreuvoir,
Je marche sans hâte, pousse doucement
Les barrières branlantes en travers du chemin,
Contourne un rocher, un arbre abattu,
Respire le romarin et les châtaigniers,
Oui, il faut courber la tête sous le soleil.
Une auge de pierre s'étire rectangulaire,
Recueille l'eau d'une source.
Devant la bâtisse grande ouverte,
Je me crois arrivé, je ne peux approcher.
Les brebis paissent dans la montagne.
Le vent ne suffit pas à purifier la pierre
Imprégnée de la puanteur des bêtes.
Pour dormir, il faudrait grimper encore, marcher loin
Jusqu'aux cailloux et s'étendre sous un argousier.
En bas, les ravins cisaillent les vergers, les bois, les prés,

Le village. Partout courent et jaillissent des murets,
Des amandiers ou des oliviers.
Je redescends, passe les jardins endormis
Pour retrouver un coude du torrent et son eau fraîche
Juste après la petite cascade, dans la mare
Où j'avais laissé un bouchon de sureau
Et méandrer les heures indolentes. La lune était creuse.
Comme jadis, je tends ma canne de saule,
Comme jadis, j'écoute le clapotis ;
Comme jadis, les poissons sautent et me narguent.
Et ce n'est pas le vent qui affolera la truite
Ni mes talons dans les remous, peut-être le souvenir
De Brise qui gratte ses jambes sèches, poussiéreuses,
De son sourire gravé comme une médaille.
Entre les bruissements des feuilles argent,
Je vois son profil, son oreille, ses lèvres,
Son cou, ses cheveux et son pendentif doré.

S'OUVRAIENT DES PAYSAGES

— Homme de mer, tu crains le vent et les vagues.
— Je ne suis qu'un vagabond qui vit la fin d'un monde.
Je parle d'eau qui roule transparente, de bergeries,
De sommets encore blancs et de disparitions :
Cigales, ports antiques, écorces, peaux, déformations,
Silex, souches, fleurs invisibles ou traces de pattes.
— Le monde est sans fin, tu ne peux être son témoin.
— Tout brûle, s'accumule, siffle, étouffe et tue.
— Tout renaît.
— Non, Tout meurt et tout tue. Mon histoire
Commence à la naissance d'un torrent.
Autour des jardins, s'ouvraient des paysages,
Sur le saule, j'avais la crainte d'être chassé,
Dans le ruisseau, les truites ricanaient.
La mer, les tilleuls, m'amusaient plus que les mots,
Seule m'habitait l'envie d'être retrouvé,

Retrouvé seulement par une brise
Une brise nommée Brise et qui, de ses dents,
Déchirait un abricot. Un abricot.
— Crois-tu pouvoir forcer les serrures ?
— Je voudrais déchiffrer les fissures ou la foudre,
Un pétiole de sauge, une chrysomèle du romarin,
Un œil félin. Un éclat abstrait, mat et minéral.
— Tu inventes les indices, tu te complais dans ton délire.
— Je ne suis qu'un oiseau, fatigué par le vent,
Qui se blottit dans le recoin d'un navire.
Fatigué, je frissonne, je ne lis même plus le grand frais,
Je prends un tremblement pour un renversement ;
Au lieu d'affronter l'océan ou les montages,
J'alterne les comas et les tavernes.
Ballotté, blanc, je bois. Il faudrait savoir oublier.
J'aurais voulu être l'écho d'un claquement,
Un chuintement d'aile. Et, bientôt, c'est ce que je serai.

LE NAUTILE

La houle apaisée porte le naufragé qui rit
Comme piaulent les albatros, hoquets perdus
Dans un ciel clair et si bleu, presque violent.
Le naufragé répète un seul mot sans vibrer les lèvres,
Il se souvient de la flûte, du gong,
Ou du banjo — ses voyages, ses rencontres
Ne lui avaient rien appris et il n'avait rien compris —,
Il ne fait plus la différence entre sable et neige,
Soleil et brouillard, la lumière restera
Sa grande question et il s'en fout.
Le naufragé revoit le sentier au bord gouffre,
Les averses infranchissables, il revit cette chute,
Et son réveil irréel. Il espère qu'une fois encore
L'improbable se produira, qu'il ne sera pas seul
À se laisser emporter par le cyclone,
Il espère qu'une brise viendra le rejoindre.

Le naufragé avance insensiblement,
Les hanches et les cuisses sur les marches tordues,
Parcourt cette forêt qui le noie — Non ! Ne coule pas ! —,
Les limbes sont des gouttes, les gouttes sont d'encre,
L'humus se veinule de racines, de sépales, de pollen.
Il s'enfonce sous les courants chauds,
Il ne fait aucun effort, il nage, flotte,
Il appelle les autres images, celles des lotus,
Feuilles charnues et lances nettes,
Qui, sans l'atteindre, frémissaient
Dans la chaleur humide et l'ombre gourmande,
Celles des grandifloras qui se fondaient à une robe,
Celles de Brise, assise dans l'herbe,
Et, si seule l'eau l'accompagnait, jamais il ne serait seul.
Il y aurait un nautile qui surgirait des profondeurs,
Se retournerait, exhiberait son avers, mangerait tout,
Monterait avant de se disperser. Et ce serait bien.

ENTRE

Dans les eaux tièdes du sud bleu,
Entre les îles, entre les courants chauds et les vents doux,
Entre les effraies, les fourmiliers et les porcs-épics,
Entre les pirogues disloquées qui pourrissent,
Planches décousues, étoupe pendante,
Entre les voiles tendues comme des machettes,
Entre les coraux aux doigts roses,
Entre les tortues, les pointes-noires ou les murènes,
Entre les gorgones, les varechs verts et les posidonies,
Entre les filets de laine et les sillages fluets,
Entre les silhouettes debout sur la houle,
J'étais si proche de moi-même mais si loin,
Si loin de Brise mouvante, filante,
J'étais dans mon désert et la peur de la perdre,
Vagabond moribond qui s'accroche à un cristal
Comme à une bouée, une clé, un remède,

Alors que c'est un revenant.
Dans les brumes fraîches du nord brun,
Entre les théâtres et les nuages qui s'effilochent,
Entre les feuilles frémissantes et le parc muet,
Entre les haies d'aubépine et de noisetier,
Arbustes fous, allées consolantes,
Entre les tableaux pendus dans les musées,
Entre les concerts, les lectures, les agapes,
Entre le couvre-feu et l'invisible ennemi,
Entre les promenades, les étoiles fausses,
Entre les senteurs de cendres ou de champignons,
J'étais si proche de rien mais si loin,
Si loin de Brise mouvante, filante,
Je pataugeais dans mon marécage, incapable de penser,
Ermite souffreteux qui barbouille sa caverne
Comme s'il voulait en faire une chapelle,
Alors que c'est un ventre, un simple ventre humide.

LES CLAPPEMENTS DU SOLEIL BLÊME

Lentement nager, avancer importe peu,
Seulement se maintenir, écarter, rabattre
Bras et jambes, bras et jambes, ensemble, doucement
Pour disparaître au loin. La tête vide, j'avance.
J'ai perdu mes sabots de glaise, mon casque de ferraille ;
Redevenu niais et nu,
Je construis un lieu sans rien, un temps sans heurt ;
Paresseusement, je me maintiens
Sur la houle d'huile, sous un ciel éclairci
Où, dans une écume d'astres morts ou moribonds,
Flottent encore la lune pleine mais estompée.
Parti sans savoir que je deviendrai goutte d'eau,
Je m'offre à l'océan, plus encore, à un tout infini.
Quand un mourant revoit sa vie, il regarde son enfance,
Alors je lis les cicatrices et le baume répandu par Brise
Et je m'étonne à peine, dans la chaleur montante,

De ce vent léger venu de nulle part et qui caresse ma joue,
Ou de cette ondulation infime qui atteint ma main.
Dans le brouillard de mes pupilles, je distingue un sourire,
Celui inattendu, improbable mais espéré de Brise.
Se figent la douceur de l'océan, les effluves d'iode,
Le mouvement de l'horizon, les scintillements qui s'effacent,
Les clappements du soleil blême
Et ma bouche ne peut qu'avaler le sel.
À mon tour, je souris, laborieusement ;
Je mime un « o » avec la bouche. Elle rit.
Pour la faire rire encore, car son rire est musique
Dans l'air si pur, je tends mes lèvres d'orang-outang
Comme si je tétais une banane.
Alors, du bout de son aile, elle remonte ses cheveux.
Je la distingue grise, vaporeuse.
J'entends à peine, je verrai flou, mes doigts sont gourds
C'est sans importance puisque je suis avec Brise.

L'UNIQUE RÊVE

Les blessures laissent des traces, se superposent,
Aucune n'efface l'autre. Couverte de suie,
Chaque cicatrice ni translucide ni opaque
Est une porte déglinguée laissant une lumière lie.
Chacune a un nom, un âge et sourit d'une grimace.
Elles sont racines sangsues, écorces de platane,
Elles s'écrivent en lignes creuses ou en bourrelets,
Aujourd'hui j'en rirais.
La plus brutale coupe la gorge jusqu'à l'épaule,
La plus douloureuse restera secrète,
La plus douce fut la photographie d'un miracle.
Sous la crête d'un pic, loin de tout village,
Tout en haut d'une montagne, je ramasse
Une herbe sèche, un coléoptère têtu,
Un bourdon mort, une plume, un fossile rond,
Une tesselle née de la terre, un bois fendu

Et, surtout, des cailloux choisis pour leur peau grise,
Leur galbe, leurs stries, leurs ponctuations ou leur brillance.
Je les regarde, les renifle, les caresse, les lèche
Puis je les repose à leur exact emplacement.
Le soleil baisse sans rougir sur la lande sèche,
Jusqu'à la mer au loin et son horizon blanc.
Enivré par ma solitude et l'air, je perds l'équilibre,
Bascule dans le vide, rebondis de saillie en éboulis
Et m'écrase. Évanoui jusqu'au matin, je ne sens rien.
Une main passe dans mes cheveux.
Qui nettoie le sang sur mon visage ? Brise !
Brise déboutonne ma chemise, déchire le tissu,
Compresse l'hémorragie, panse les plaies vives
Et noue les membres désarticulés aux cicatrices durcies.
Pourquoi est-elle venue ? Comment m'a-t-elle trouvé ?
Je suis cassé et lourd, elle est rêve et aérienne,
L'unique rêve à rêver.

SANCIR DANS LA FOSSE MOLLE

Brise s'amuse dans les vapeurs laiteuses,
Brise retrouvée, approchée, reperdue toujours.
Un souffle, un hasard, un sourire les séparent.
J'écoute les remous, les rares cris des frégates,
Les froissements des algues, le ploc des gouttes,
Un galet qui roulerait au fond, un corail dans le courant
Et la fuite des cumulus noirs. Voix si proche, voix de loin,
Au fond de mon crâne orné de mains rouges.
Cette troisième tempête — la première fut douloureuse,
La seconde initiatrice — est aboutissement.
Elle gronde, s'établit solide. Je l'ai reconnue, je la choie.
Des vagues par paquets emportent le canot,
Une bouée, les fanaux, un bossoir, la bôme.
Les cloisons se tordent, le lest se détache,
Le tourmentin se déchire, tôle devenue haillon.
Le voilier se couche pour mieux fendre la houle,

Craque, se cambre, roule, plonge, s'enfonce.
Insensiblement, sous un ciel si clair,
Le chaos enveloppe mon corps attaché à la barre ;
Les yeux fous, la gorge ouverte, je ris.
Je pense à Brise que je ne verrai plus.
Comme l'on dit qu'un mourant revoit sa vie
Je lis la sépulture de l'architecte, frère dans l'au-delà
Le berceau qu'il n'a jamais eu, ma propre sépulture
Engloutie, juste après la Grande Ourse.
Dans cette réjouissance, je cherche un dernier plaisir,
Celui d'être un avec mon voilier exsangue,
Avec l'air, les nuages, la pluie, l'immensité.
Je ne suis rien, je serai avalé.
Cadavre flotté, je me laisserai glisser dans l'eau,
Sancir dans la fosse molle,
M'engourdir et, à la grande forme blanche,
Je ne ferai aucun signe.

FLOTTE L'OUBLI

Autour des jambes, des poignets — le sable blond,
Charnière du banc envasé au loin,
Immobile et perdu, semble le miroir d'un mirage —
Les drapés des vagues, des cristaux, du vent et de rien
Figent l'ombre, montant de l'horizon immobile,
Se reforment et disparaissent, insensiblement.
Trois nuages s'inventent, infimes filoches.
J'observe les poussières, les masses floues, je nage.
Peu de mouvement, pas de mouvement,
Juste un voile mal tendu sous la poitrine.
Accumulant les ruines derrière eux,
Les humains abandonnent, abandonnent tout,
Leurs constructions, leurs manigances,
Bâtiments inutiles, parfois splendides,
Forêts carbonisées, cimetières empoisonnés,
Excréments d'étoiles, océans solides

Ou déserts métalloïdes et ils en font des musées.
Grignoté par les poissons, les oiseaux, le temps,
Je ne laisse rien, pas de maison, pas un bout de peau,
Pas même un regret, pas même une image.
Vers là-bas et les résidus d'ouragan,
Sans crainte, sans souvenir, je nage.
Brouillée d'eau, venue de nulle part, Brise m'a rejoint.
Nous jouissons du silence et de l'infini,
De l'océan et de nos retrouvailles inattendues.
Je regarde l'horizon, un peu aussi à ma droite,
Elle regarde l'horizon, un peu aussi à sa gauche,
Ses cheveux cachent ses épaules
Touchent les miennes, caressent mon coude.
À la chaque fin de brasse, rien d'autre, rien
Que le bout d'un pouce effleurant une hanche.
Nous ne fûmes rien, nous ne serons rien.
Dans le courant flotte l'oubli.

Index des chants

Ce livre a été imprimé
en France par ICN

Zone Industrielle des Saligues
98, rue Louis Rabier
64300 Orthez
05 59 69 77 80
icn@imprimerie-icn.fr

Dépôt légal : janvier 2022
isbn : 978-2-4914-3812-8